U1005529

俞晓红/编著

三国人物攻略

SANGUORENWUGONGLüE

曹操

CAOCAO

与英雄一一“握手”，研习智慧谋略；
涵养从容气度，睿智面对生活。
有道是：少必读《三国》！

全国百佳图书出版单位
时代出版传媒股份有限公司
黄山书社

图书在版编目（CIP）数据

三国人物攻略·曹操 / 俞晓红编著. —合肥：黄山书社，2013.3

ISBN 978-7-5461-3488-8

Ⅰ. ①三… Ⅱ. ①俞… Ⅲ. ①历史故事-作品集-中国-当代 Ⅳ. ① I247.8

中国版本图书馆 CIP 数据核字（2013）第 052203 号

三国人物攻略·曹操　　编　著：俞晓红

出 版 人：任耕耘　　责任编辑：张向奎

责任印制：李　磊　　装帧设计：自然卷

出版发行：时代出版传媒股份有限公司（http://www.press-mart.com）

黄山书社（http://www.hsbook.cn/index.asp）

（合肥市翡翠路 1118 号出版传媒广场 7 层　邮编：230071）

经　　销：新华书店　　营销部电话：0551-63533762

印　　制：三河市杨庄双菱印装厂　　电　　话：0316-3650395

开本：787×1092　1/16　　印张：13　　字数：151 千字

版次：2013 年 7 月第 1 版　　2013 年 7 月第 1 次印刷

书号：ISBN 978-7-5461-3488-8　　定价：26.00 元

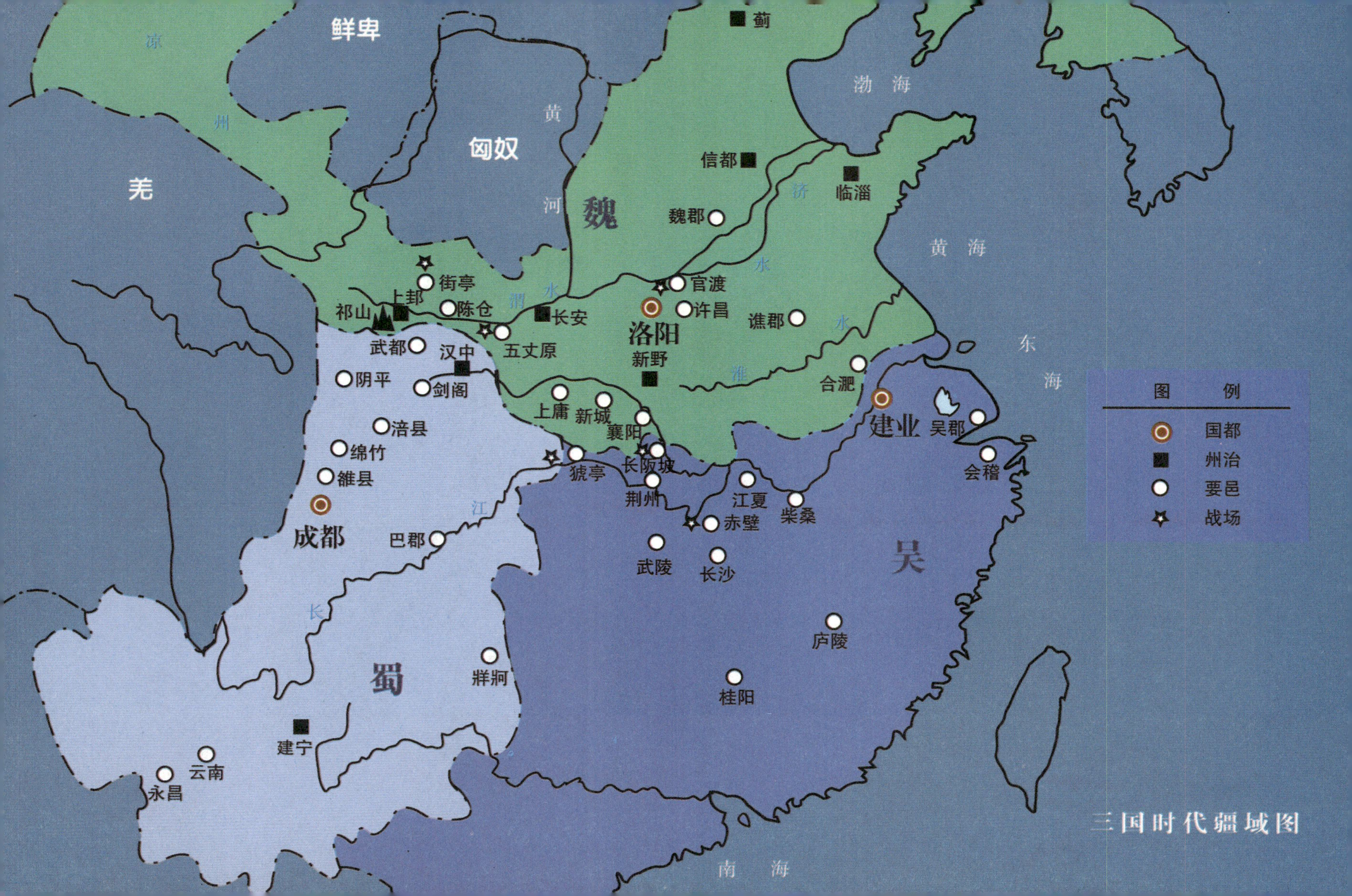
图例
国都
州治
要邑
战场
魏
吴
蜀
鲜卑
匈奴
羌
凉州
黄河
渤海
黄海
东海
南海
蓟
信都
临淄
魏郡
官渡
许昌
洛阳
谯郡
新野
合淝
济水
淮
渭水
长安
五丈原
陈仓
街亭
上邽
祁山
武都
汉中
阴平
剑阁
涪县
绵竹
雒县
成都
巴郡
上庸
新城
襄阳
猇亭
长阪坡
荆州
江夏
赤壁
柴桑
武陵
长沙
建业
吴郡
会稽
庐陵
桂阳
牂牁
建宁
云南
永昌
江
长

三国时代疆域图

少必读《三国》

少不读《水浒》——血气方刚，戒之在斗。

老不读《三国》——饱经世故，老奸巨猾。

喔，那么少该读什么？

少年必读《三国》！

少必读《三国》，能让我们获得深沉的历史感。透过历史，我们可以窥见王朝的兴衰更迭，征讨血战；可以知晓历史事件的波诡云谲，风云际会；可以仰慕历史人物的音容笑貌，风采神韵。历史，让我们和古人“握手”，给我们茫不可知的人生以种种启迪。在历史的长河里，我们能判断现在的位置，明白我们发展的方向。有历史感的人，在行事上常常会胜人一筹，因为古人已为他们提供了足够的经验。

少必读《三国》，能让我们学习古人的处世方式。现在，我们

正值青春年少，活动的范围早已不仅仅局限在家庭和学校中，一个更广阔的社会出现在我们面前。从此，在社会中，我们将独立面对形形色色的人和事。从《三国》中，我们可以习得古人的处世之术。例如刘备，论文韬武略皆不如曹操、孙权，但他却善于知人、察人、用人，他对关、张用桃园结义之法，对孔明则三顾茅庐，对投降的赵云、黄忠也大加重用，正是有五虎上将对他的拥戴，才使他称雄一方。试想，他若摆出主公的骄横霸道，还会受到部下的衷心拥护吗？

少必读《三国》，可以让我们研习古人的谋略。“凡事谋在先”，在《三国》中，大到对天下大事的分析，小到对一场战事的周密安排，无不反映出一千八百多年前古人的智慧。在赤壁之战中，没有周瑜的频施妙计，就不会有火烧曹军的辉煌战果；诸葛亮指挥的战役常能“决胜千里之外”，实际上也是他“运筹于帷幄之中”的结果。《三国》中的谋略博大精深，我们可以从中获得智力启迪，善于这些谋略，对不同的人和事采取不同的方法，我们一定能化解许多人生困境。

少必读《三国》，最重要的是能让我们涵养精神气质。在这些气质中，有经国济世的豪情，有临危不乱的镇定，有安贫乐道的操守，当然还有风流倜傥的潇洒。想想孙权，他刚掌权时只有十八岁，面对父兄创下的基业，他善用旧臣，巩固了政权；面对曹操压境的危势，他果敢决策，击退了顽敌。再联想现在的我们，是不是常有些心智稚弱，做事莽撞，缺乏恢宏从容的气度呢？阅读

《三国》，可以让我们成为光明磊落的君子，而不是畏畏缩缩的小人。一部三国征战史也就是一部人才的斗智史，在《三国演义》中，有各种各样的人，有的人貌似强大却“羊质而虎皮”，有的人貌不惊人却有“救世之才”，有的人内含机谋却不动声色，有的人胸无点墨却自作聪明……对照他们，反观自己，可以判断自己是哪一类人，可以知道怎样来充实自己……

所以，我们在少年时期一定要读一读《三国》。但是，应当怎么样读呢？《三国演义》虽然在当时被认为“言不甚深，语不甚俗”，但我们现在来读已经颇为吃力了。再加上《三国演义》中人物众多，关系复杂，我们常会看得一头雾水。遍寻大小书店，各种版本的《三国演义》虽然不计其数，但真正适合少年阅读的《三国》故事却难以觅得了。因此，这套《三国人物攻略》

就是专写给青春年少的你，我们希望你能从中获得新鲜的阅读经验。

在《三国人物攻略》中，我们以新的编辑角度切入。《三国演义》中的人物成百上千，这套书仅选取了刘备、关羽、张飞、诸葛亮、曹操、司马懿、孙权、周瑜八人，不仅是因为这八人在历史中“戏份”较多，而且还在于他们性格殊异，形象丰满。我们企望以人物为主线来勾勒三国的历史全貌，对人物的丰功伟业也有更全面的了解。在编辑时，我们注重设置“历史场景”，回溯时光，把人物重新推回历史舞台之中，推到事件的紧要关头前，来看看他们是怎样周详安排、从容调度、化解危机的。或许你玩过“角色扮演”的电玩游戏，那么我们希望你在阅读这套书时，把自己想象成书中的主人公，想想自己在彼时彼景中，会怎样处理这一切事情。亦读亦思，从更深的层次上来体验古人的精神生命，是我们编辑的用心。

在编排人物故事时，我们力避重复。但是，一个重大的历史事件常常会同时涉及这八个人物，为了交代事件的前因后果，不得已会重复某些片段。从另一个方面讲，分别以不同人物的眼光来看待同一个历史事件，是非功过皆在其中，也是别有一番趣味的。

在人物故事内容上，我们以《三国演义》为蓝本，还采信了《三国志》中的诸种说法，在文学与历史间作微妙的平衡，既使人物故事起伏跌宕，又使历史事件完整真实。

少必读《三国》。在《三国人物攻略》里，我们将有一次愉悦的纸上电玩游戏，一次深沉的历史时光之旅……

人物简介——曹操

在中国历史上，很少有像曹操这样能引起激烈争议的人物了。

从陈寿的《三国志》到罗贯中的《三国演义》写成的一千多年间，“帝魏寇蜀”与“拥刘反曹”的争论就一直没有停止过。有认为曹操是大英雄的，也有认为曹操是乱臣的。其实，曹操的作为在《三国演义》中就说得十分清楚：“治世之能臣，乱世之奸雄”。在曹操身上，“能”与“奸”是矛盾的，但又是完美结合在一起的。

在《三国演义》中，曹操是一个气质独特、善恶并存的复杂形象。他既有攻城略地、酷虐害民，甚至血洗徐州的暴行，又有严纪爱民，甚至自我惩罚的作为；既有“挟天子以令诸侯”、逼宫杀后、僭越不臣的行径，又有以周文王自喻、为汉室讨伐群雄而愿做忠臣的自我表白；既有杀吕伯奢时的多疑与残忍，又有“焚书不问”的宽宏大度；既有“梦中杀人”和“借首”稳军心的狡诈阴险，又有收张辽、放关羽、哭典韦的惜才重义；既能举贤尊士、重用人才，又曾嫉贤妒能、枉杀贤才；华容道败北，他仰天大笑，表现出特有的乐观、豁达和顽强，但江边赋诗，“对酒当歌”，又表现得特别消沉、哀婉和失意。或许，大凡古今英雄，其性格都是复杂多变的，因为在弱肉强食、群雄争霸的战争年代，只靠“贤”与“德”是很难生存的，还必须有刚健的一面。

在历史上，曹操是一位卓越的政治家、军事家和文学家，其形象要比在《三国演义》中光彩得多。在东汉末年战乱频仍的年代，他南征北讨，荡灭群雄，基本上统一了北方；他首先采取屯田政策，恢复和发展农业生产，使中原得到了安宁，为全国的统一奠定了基础。在军事上，他足智多谋、雄才大略，在官渡之战中，他抓住袁绍好谋无断、摧残人才的特点，出奇制胜，大获全胜，成为历史上有名的以少胜多的战役。在文学上，曹操是汉末“建安文学”的开创者，他的诗苍凉激越、气韵沉雄。

文学和历史的两相结合，或许能让我们认识一个完整的曹操。

主要人物表

曹操　字孟德。他从小便机谋多变，以后更是成为“治世之能臣，乱世之奸雄”。他为结束汉末的战乱局面、统一中国奠定了基础。

155～220
出生地：沛国谯郡
职　位：典军校尉→镇东将军→大将军→魏王
所　属：魏

曹丕　字子桓，曹操的次子。曹操死后，他接受汉献帝的禅位，建立了魏国，在位七年，卒谥文帝。

187～226
出生地：沛国谯郡
职　位：五官中郎将·副丞相→丞相·魏王→皇帝
所　属：魏

曹植　字子建，曹操之子，以文思敏捷而知名。

192～232
出生地：？
职　位：平原侯→临淄侯→陈思王
所　属：魏

郭嘉 字奉孝，曹操的首席参谋，为曹操早年的军事胜利立了大功。

170～207
出生地：颍川郡阳翟县
职　位：司空军祭酒→洧阳亭侯
所　属：魏

荀彧 字文若，曹操的重要参谋，因反对曹操篡汉而被曹操赐死。

163～212
出生地：颍川郡颍阴县
职　位：守宫令→亢父县令→司马→尚书令
所　属：袁绍→魏

典韦 曹操部下猛将，在征讨张绣的战斗中战死。

？～197
出生地：陈留郡己吾县
职　位：都尉→校尉
所　属：张邈→夏侯惇→魏

许褚 字仲康，曹操部下猛将，号称“虎侯”，有万夫不当之勇，曾多次救曹操脱险。

？～？
出生地：沛国谯郡
职　位：校尉→中坚将军→万岁亭侯→牟乡侯
所　属：魏

张辽 字文远，原为吕布部将，后归曹操，屡建奇功，曾劝降关羽。

169～222
出生地：雁门郡马邑县
职　位：中郎将→都亭侯→征东将军→前将军
所　属：丁原→何进→董卓→吕布→魏

庞德 字令明，曹操部下勇将，原为马超部将，后归降，被关羽所俘，不降而死。

？～219
出生地：南安郡豲道县
职　位：立义将军
所　属：马腾→马超→魏

三国人物攻略·曹操

目录

曹

年少知名

东汉桓帝永寿元年（公元155年），在沛国谯郡（今安徽亳州）的一座高门深宅里，一个不凡的生命降临了人间。

传说这个新生命出生时，一直晴朗无云的天空忽然阴晦起来，乌云密布，转瞬间便电闪雷鸣，大雨倾盆而下，孩子呱呱落地。雷声、雨声与孩子的啼哭声交织一片，声势宏大。一位懂得方术的客人预言说，这孩子与天象浑然一体，将来必成大器。孩子的父亲听了，喜不自禁；又见这孩子双目微闭，皮肤稍黑，便给他取个名字叫“吉利”，又取个小名叫“阿瞒”。

这个幼小的新生命，就是后来风云一时的一代枭雄、魏武帝曹操。

曹操的父亲曹嵩本姓夏侯，因为过继给宦官中常侍曹腾做养子，才改姓曹。曹腾身世显赫，是汉朝开国元勋曹参的后代。他虽然身为宦官，却很有能力和德行，一向以诚实谨慎著称。他在宫中三十多年，侍奉过四个皇帝，为朝廷推荐了很多能人贤士，从来没有什么大的过失，被封为费亭侯。桓帝要封曹嵩，被他婉言谢绝了；直到曹腾死后，曹嵩才承袭了爵位，后来做到大司马的官职。

曹家贵为九卿，富比王侯，可是因为是宦官之家，世资门第不高，常受世人歧视，所以没能列籍于当时享受特权的世家豪族。儿子的出世，使曹嵩在深感快慰的同时，也暗暗为这个新生命祈祷："封侯拜相，光耀门庭！"

出身这样的一个特殊家族里的曹操，既像当时众多的纨袴子弟一样，喜欢飞鹰走狗、围猎比武，整天游手好闲，放荡不羁；又有着一般富家少爷所没有的机敏勇武。他智力超群，心远志高，又善于机诈应变，点子特多；加上他天分高，悟性好，读书过目不忘，旁征博引，好学雄辩，于是，他便成为周围一帮年龄相仿的少年人崇拜的对象。

曹操十四岁那年，朝廷又征召他的父亲入朝做官，曹嵩因此常住在京城，在家的日子不多。由于少了父亲的严厉管束，又加上母亲的百般疼爱，曹操更是无拘无束，恣意玩乐了。他常常和族兄弟曹仁、曹洪、夏侯惇、夏侯渊等人，盘马弯弓，擎鹰牵狗，去丛林中打猎习武，十分逍遥自在。可是，叔父对他的行为很看不惯。只要曹嵩回家，叔父便要说他的许多不是。上次父亲从洛阳回到谯郡，叔父便把曹操好猎一事说了；又说，这种事是违犯朝廷禁令的，说不定哪一天就落个"聚众谋反"的罪名，连累一族人。结果，父亲就把曹操狠狠训斥了一顿，并且不许他以后再外出打猎，以免惹出是非。曹操挨了训，得知是叔父告的状，便想找个机会报复一下。

一天，曹操正在家中闷闷不乐时，书童跑来禀告他说，叔父大人正往府中来。曹操眼珠一转，计上心来。他快步走到府门口，正好看见叔父下车；于是他故意大叫一声，倒在地上打滚，脖子扭着，嘴巴歪了，还流着涎水，脸上的肌肉不停地抽搐，两眼直往上翻白，一边还痛苦地哼着。叔父见到侄儿这副模样，不禁大吃一惊，以为是中了风，便赶紧两步并作一步跑进去告诉曹嵩。

正在家中休假的曹嵩听说此事，慌忙跑到府门前，却不见曹操的踪影；他又急忙转到曹操的卧室，一进门，却看到曹操端端正正地坐在窗前书桌边，正在专心致志地看书，好像什么事儿也没发生过。曹嵩十分疑惑地问儿子：“你叔父刚才告诉我说，你中了风，跌倒在地不省人事，怎么好得这么快？”曹操装出十分惊讶的样子说：“孩儿从午饭到现在，一直在这里读书，没出房门，也没看见叔父，更没生病中风啊！”曹嵩见状，半信半疑，正要说什么，曹操又用十分委屈的口气，进一步发挥说：“孩儿猜想，可能是叔父随意说的。叔父一向不喜欢孩儿，常常说孩儿的坏话，现在又说我中了风，这不是有意在诅咒孩儿吗？”“哦，原来是这样！”父亲若有所思地说着，嘱咐曹操好好读书，便转身离开了。

曹操这一招果然奏效。从此以后，曹嵩就不怎么再相信弟弟的话了；曹操在他那帮少年朋友中，威望更高，行为更放任自流、洋洋得意了。

在那些朋友中，有个叫袁绍的世家公子，和曹操最为意气相投。他们经常在一起高谈阔论、舞枪弄棒，扮作游侠四处闯荡，有时便干出一些荒唐事来。

有一次，得知邻近的村子里有户人家娶亲，曹操便拉上袁绍，兴冲冲地跑去凑热闹。他们趁暮色昏黄，悄悄藏在那户人家的后园子里。等到天黑了，新娘进了洞房，屋里屋外欢笑喧闹，灯火辉煌时，曹操便跳了出来，大声叫喊：“有贼啊！快抓贼啊！”里面的人听说有贼，“呼啦啦”一下子全都跑了出来。混在人群中的曹操又喊道：“贼往西头跑了！快追啊！”于是人们又纷纷往西头奔去。趁着混乱，曹操和袁绍悄悄溜进新房。盖头还没来得及揭去的新娘独自一人坐在床边，害怕极了，又不敢离开，正不知如何是好呢。曹操走上前一把扯去新娘的盖头，新娘惊得目瞪口呆，吓得脸都变色了。袁绍说：“贼来了，你赶快跟我们跑吧！”曹

操不由分说，背起新娘往外就跑。到了大路上，他们便朝东头跑去。来到村外野地，四周漆黑一片，分不清东南西北，走了几步，就陷到了荆棘丛中。曹操气喘吁吁，将新娘放下来，让她靠树站着，与袁绍两人仔细地辨认了一下方位。曹操抬头望望星星，又回身看看远处村中的灯火，终于看清了方向，周围的树木也渐渐清晰起来，原来大路就横躺在离他们不远的地方。曹操便催促袁绍说："我们赶快离开这里！"可是袁绍却说他实在跑不动了，说罢一下子坐在地上。

远处那些捉贼的人，追了半天不见踪影，又回到新郎家。等发现新娘失踪了时，他们便惊慌起来，打起了火把，分成四批，四下里寻找。就在袁绍说话的当口，一批人已渐渐逼近过来，火光闪闪，人声嘈杂，眼看就要搜寻到他们隐蔽的树丛里来。曹操慌了，心想这个玩笑开大了，说不定两人脱不了身不算，还要受到那些发觉自己受骗上当的人的惩罚。新娘在这儿是安全无事的，那些人很快就会发现她；可是自己？曹操一急, 心生一计，他边朝大路跑去，边大声呼喊："贼在这里啊！贼在这里啊！快来抓呀！"袁绍慌了，赶快跳了起来，也不累了，也不怕荆棘了，往大路就跑。跑在路上他还不时往回看，担心后面的人追上来。就这样，两人跑得气都透不过来，终于一同安全地回到了家。

从此，这段非同寻常的"少年游侠"的传奇经历，就成了曹操和袁绍向伙伴们吹牛的资本了。

曹操的青少年时代大部分是在家乡谯郡度过的。当时东汉王室日渐衰败，宦官和外戚两个集团为了争夺控制中央的大权，互相倾轧，更加深了百姓的灾难，社会危机四伏，动荡不安，年轻气盛的曹操，时常发出"忧世不治"的慨叹，立下了治世的志向。他时时锻炼身手，刻苦钻研兵法，在一个月黑风高的夜晚，十四岁的曹操用黑纱蒙面，穿上夜行衣，手持双戟，悄悄潜进宦官头目张让的府中准备行刺，为国除害。可是不慎被侍卫发觉了，立刻遭到了追击；他毫不畏惧，挥舞双戟，边战边退，退到围墙边时，他纵身一跃，越过墙头迅速离开了。这一壮举很快就在他的朋友圈中传开了，并且博得了大家更深的钦佩。

为了实现治世的远大抱负，曹操十分注重和诸多社会名流的交往，以增长学识才干，扩大自己的影响。因为汉魏之际是一个非常重视人的名望的时代，一个年轻人若要获取一定的社会名望，除了拥有很好的身世和出众的能力之外，更重要的还在于他能不能得到世所公认的名流的赏识相宣扬；同时，还要由专门品鉴人物的专家作出评判。通过多次的交往，曹操赢得了很高的评价。南阳郡的隐士何颙赞叹说："汉朝将要灭亡，能安定天下的一定是这位年轻人！"在社会上名望非常高的太尉桥玄，当时已是六十多岁了，遇见曹操后，十分赏识，当着众人的面称赞他说："天下将要大乱，将来能拨乱反正、安定天下的，恐怕只有你了！我这一生，见到的名士能人够多的了，可是还没有一个能比得上你，你要多加努力啊！"年仅十五岁的曹操听了这番话，在深感意外和吃惊之余，大受鼓舞，不觉更加坚定了他施展才略、实现理想的信心。

桥玄为了让曹操赢得更大的名声，便介绍他去汝南找许劭。许劭在汝南主持着"月旦评"，是当时品鉴人物的专家，影响很大。凡是经过他品评的人物，身价便会大大提高。面对这个十五岁的少年，许劭踌躇不安，感到一下子难以作出评判。在他眼中的曹操，身材矮小，皮肤黝黑，容貌平平，眼睛不大，衣饰简朴；可是浑身透出一股英武雄健之气，目光炯炯有神，神情中自有一种威严和刚毅，行为举止带着性格野烈的气息，时时流露些许放荡不羁的痕迹，约摸还能感觉到一点浮躁和狡黠。这是一个什么样的人呢？曹操见许劭犹疑不语，便直截了当地问道："请问先生，您认为我是个什么样的人？"许劭微微点头，笑而不答。曹操见状，心中无底，又追问了一声。许劭沉吟良久，才用半是赞赏半是贬抑的语气说："你么，是治世的能臣，乱世的奸雄啊！"

曹操先是一惊，接着大笑起来，心花怒放，得意地离开了。

初露锋芒

汉灵帝熹平三年（公元174年），曹操刚满二十岁，就被地方上推举为孝廉，并任命为郎。司马懿的父亲正任尚书右丞、京兆尹，很赏识曹操的才华，便举荐他做了洛阳北部尉，负责京城的治安。

曹操不以这个官职低微为意，反而觉得洛阳是帝京所在，应当能够有所作为，成就一番“治世”的事业。看到当时豪强横行、治安混乱、百姓遭殃的现实，他决心要拿出魄力，大刀阔斧地整顿一番。于是他一到任，马上就下令修缮了他所管辖的四座城门，并造了数十条五色棒悬挂在城门两边，又贴出告示申明禁令：“为了维持京城治安，禁止夜行。如有违犯，不论平民豪强，一律用五色棒严加惩处。”同时，曹操又派出巡警队，在城北一带巡夜，专门搜索违犯夜禁的人，一旦抓住即行审问。数十天内，还真没有谁敢触犯禁令。

有一天夜里，曹操亲自领兵巡夜，查看各处执勤情况。来到正北门时，却听见前方有人在喧哗吵嚷。一个约摸五十岁、衣饰华丽的人十分嚣张，正蛮横地对执勤士兵咆哮着：“我是蹇叔！你们睁开眼睛看看！你们胆敢对我怎么样！”

原来这人是汉灵帝最宠信的宦官蹇硕的叔父，一般人都叫他“蹇叔”。他依仗着侄儿在皇宫中的权势，一贯作威作福，欺压百姓，横行霸道，无恶不作，是北城区的一个出了

名的恶霸地头蛇。他白天干尽坏事不算，晚上还经常带领一批爪牙在城中闯荡，强抢民女，骚扰百姓。这天晚上，他无视禁令，又夜闯民宅，没想到撞在枪口上了。

曹操见蹇叔态度傲慢，口出狂言，公然违令，不禁火冒三丈，心想："好个狐假虎威的东西！上任以来，我正愁无人以身试法，让我借法树威。今天你活该绝命，撞在我的手中！"于是一声令下，士兵们一拥而上，把蹇叔捆了个结结实实，带回衙门。连夜审讯完毕，第二天，曹操命士兵将蹇叔带到北城门前，围观的百姓一层又一层，都想看一看新上任的北部尉如何在太岁头上动土。蹇叔本来还若无其事，一副满不在乎的样子；后来他似乎觉得有些不妙，便开始求情告饶了。曹操也不说话，冷冷地望着他。时辰一到，曹操一声喝，令士兵用五色棒打死蹇叔。不一会儿，蹇叔便死在乱棒之下。百姓见状，一个个兴奋无比，拍手称快。

消息很快就在京城里传开了。洛阳城中的豪强受到震动，只好收敛恶行，不敢再轻举妄动。曹操刚刚开始政治生涯，就显露了他的魄力和才能，威名立刻树立起来了。可是，棒杀蹇硕的叔父，无异于和宦官集团公然对抗。蹇硕虽迫于舆论的压力，对曹操不便公开报复，但他对曹操恨之入骨，不久之后便动用权势，将曹操支到顿丘县做县令。一年以后，又找了个借口将他免职。

光和三年（公元180年），曹操由于饱读古书，才学出众，再次被征召为议郎，参与讨论国家大事。重新走上政治舞台的曹操，仍然保持着血气方刚的特点，几次上书给灵帝，谈论朝政的弊端在于宦官与外戚专权。一天也离不开宦官的汉灵帝假意把奏章研究了一番，又轻描淡写地把几个有关的人训斥了一下，然后就不了了之了。一连碰了几个软钉子以后，自以为忧国忧民的曹操感到深深的失望，他逐渐意识到，汉王朝像是一座快要被蛀虫蛀空了的大厦，任何人都已无力挽救它的倒塌。

中平元年（公元184年）初，以张角为首的黄巾大起义爆发了。汉灵帝调兵遣将，四处镇压。朝廷主帅皇甫嵩、朱儁、卢植等人出师不利，连遭失败。皇甫嵩被起义军围困在长社（今河南长葛西），曹操被任命为骑都尉，奉命率兵救援。他冒着初春的寒雨，领五千骑兵日夜兼程，很快到达长社。来到城下，正赶上皇甫嵩用计火烧敌营，率兵从城中往外杀。曹操第一次发挥了他的军事指挥才能，立即抓住良机，率骑兵全力猛冲，夹击黄巾军。黄巾军阵脚大乱，很快便被击败。曹操在冲击中，身先士卒，以他精湛的骑术和高超的剑法，所向披靡，成功地配合了皇甫嵩的反攻计划，显示了善于带兵的将才风度。

刚刚三十岁的曹操，凭借军功升为济南相。十年的宦海沉浮，使曹操的内心充满了期待和忧虑。这一次升任新职，前面等待自己的又是什么呢？曹操在深感现实险恶的同时，也不免对自己的前景忧心忡忡。值得欣慰的是，济南是封国，国相相当于郡太守的地位，又是作为朝廷派到地方的行政官员，权威性较高，应该是有用武之地的。曹操怀抱着治世救国的理想，来到济南。

进入济南境内，道路两旁，土地龟裂，庄稼几乎成了枯黄的干草，远处零零落落的几间茅屋，也是破陋不堪，到处是一片荒凉景象。走到山脚边，见到前面有座祠堂，装修一新，门前停着许多马车。走近一看，门的上方挂着一块金字匾额，写着“城阳景王神祠”，祠里面香烟缭绕，许多信徒正在烧香磕头。再往前走，一路上又不断看见同样的祠庙。曹操不禁感到奇怪。进了济南城，他用了一个多月的时间到济南所管辖的数十个郡县去了解民情，视察各地官吏的

政事。

原来，济南郡国政治腐败，豪强横行霸道；被愚弄和欺诈的老百姓，把希望寄托在神佛的庇佑上，祠庙里的香火很旺。一些官员和恶霸对此大加利用，修庙建祠、祭祀鬼神的风气十分浓厚。各县官绅争相为城阳景王立祠，竟有六百多所，耗费的民力财力非常惊人。而那些官吏们带上乐队歌妓，明为祭祀，实际上却借机搜刮，任意挥霍民财，奢侈至极。还不曾从战争的血与火中完全苏醒过来的济南国，受到诸多贪官的盘剥和豪强的掠夺，老百姓苦不堪言，无法安居乐业。

曹操探访到官绅的种种不法行为，探问民间疾苦，知道了不少闻所未闻的事情。他决心要把济南治理好。视察回来后，曹操立即雷厉风行地办了两件大事：一是惩治贪官污吏；二是禁止修庙建祠、烧香拜佛。他查出八个罪行严重的贪官，下令撤免他们的官职，并通告郡国；责令期限拆毁那些滥建乱修的祠庙，禁绝泛滥成灾的祭祀鬼神的活动，如有借鬼神欺诈百姓的，定要加以严惩。

几把火一烧，在整个济南郡国引起了极大的震动，政治风气大大改观，老百姓十分满意，各地歪风很快被刹住了。曹操政绩突出，一时间远近闻名。

正当曹操踌躇满志之时，他忽然接到了朝廷新的任命，要他做东郡太守。这时候，王朝上下乱得一团糟：灵帝继续卖官鬻爵来聚敛钱财；宦官们与地方官吏则互相勾结，串通一气征收赋税，中饱私囊；自然灾害一个接一个；黄巾军此起彼伏，凉州兵祸连年不断……曹操心里十分清楚，在这样的腐败时代里，要想独自干一番大事业，治国安邦、救世济民，几乎是不可能的；只有像其他贪官污吏一样去迎合权贵、同流合污，才能平安无事。自己做官十余年，不就是因为傲岸不屈的个性才时时碰壁、处处受挫的吗？在经过反复的思考和权衡以后，曹操索性上书称病，辞去东郡太守的官职，退隐到故乡谯郡去了。

曹操在谯郡城东五十里左右的地方，盖了一所极其幽雅的屋舍，依山傍水。他在这个山清水秀的环境里隐居，过着春夏读书、秋冬打猎的悠闲生活。他打算隐居二十年，等到天下太平了再出来效力。

事实上，曹操的内心深处并不平静，他并没有真正与世隔绝，仍然在关心着时局的发展，时时思考着自己今后的出路，等待着实现治世抱负的时机。

在故乡隐居的时候，夫人卞氏生了个儿子，曹操为他取名为“丕”，字“子桓”。在此之前，曹操先娶的两位夫人，刘夫人早已去世，她留下了一个儿子和一个女儿，即曹昂和满何公主；丁夫人没有生育，便负责抚养曹昂。

中平五年（公元188年）八月，汉灵帝为了防止凉州兵马攻进京城，决定亲自掌握禁军。他在西园成立新军统帅部，设置八校尉（禁军首领）。曹操被任命为八校尉之一的典军校尉。这正是他退隐的第二年。到了秋天，他便带着卞氏和不满周岁的曹丕，兴致勃勃地到洛阳就职。这样，曹操便再次登上风云变幻的政治舞台，开始了政治斗争的新阶段。

第二年四月，三十四岁的灵帝一病不起，皇位继承问题一直定不下来。灵帝在立刘辩和刘协之间犹豫不决，他把刘协托付给蹇硕后便死了。蹇硕于是立刘辩为帝，封刘协为陈留王。新国舅、大将军何进为争夺朝中大权，杀了蹇硕，准备召凉州军阀董卓入京，借机清除宫中其他宦官。曹操听说此事，认为不妥。他认为要解决宦官问题，应当以迅雷不及掩耳之势，除去元凶，动用京中官兵就行了；如果召外地官兵入朝，除去所有的宦官，一定会因为时间长、参与的人数多而泄露秘密，导致整个计划失败。而且，进京的外部军队一旦留下，又会带来新的祸害。他虽然知道主簿陈琳已进谏无效，可还是向何进提出了建议。何进大怒，认为曹操怀有私心。曹操对天长叹道：“扰乱天下的，一定是何进啊！”

果然，董卓还没到，洛阳就大乱起来。

谋刺董卓

中平六年（公元189年）八月，以张让为首的十宦官假传何太后的旨意，将何进骗进宫中杀了。身为中军校尉的袁绍和他的弟弟袁术，率兵将皇宫团团围住，见到宦官就杀。张让于是挟持太后、少帝和陈留王出逃，由于自顾不暇，半途将太后一行丢弃，独自仓皇逃跑，又被卢植带兵追逼，无路可走，投河自尽。混战中宦官死去两千多人。何太后被袁绍救回；司徒王允、太尉杨彪和曹操、袁术，在乱草丛中找到了少帝和陈留王。

回城路上，烟尘滚滚，马蹄阵阵，一支大军浩浩荡荡向京城开来。军前绣旗下，一个满脸霸气的军阀挺身问道："皇上在哪里？"少帝吓得出了一身冷汗。九岁的陈留王朗声问道："你是谁？是保驾还是劫驾？"来人答道："凉州刺史董卓特来保驾。"陈留王喝道："既如此，还不赶快拜见皇上！"董卓下马叩拜，然后一同回到京城。

董卓自以为大军在握，护驾有功，一到京城，就逼走卢植，气跑袁绍；又废除少帝，改立陈留王为献帝。董卓自任太尉兼相国，军政大权全抓在自己手里。不久，他又把何太后、少帝和唐妃都处死在宫中。

按照古代礼节，臣子朝拜帝王时，司仪必须报上臣子的姓名；臣子应解下佩剑，脱掉靴子，放在殿外；上殿时要小步快走，以表示恭敬。可是董卓每次上朝都不遵从礼仪，既

不脱靴，也不解剑，更不快走，还不许司仪念他的姓名，只准报他的官职。另外，他每天晚上都进后宫，奸淫宫女嫔妃，公然睡在龙床上。满朝文武见董卓这样欺君弄权，跋扈嚣张，荒淫无耻，都非常痛恨，又想不出计策对付。

一次，董卓领军来到洛阳城（今河南洛阳市东北），正赶上当地村民举行春季迎神赛会，一时聚集了附近地方的众多百姓。董卓下令围住人群，把男子全部杀光，把妇女以及金银财宝抢来装在车上，然后回城。他叫士兵将那些人头挂在车前，血淋淋的，足有一千多颗，扬言说是捕杀盗贼得胜回城。到了城外，把人头堆在一起放火焚烧，然后把妇女财物当做战利品赏给士兵。

当时有个越骑校尉名叫伍孚，看到董卓这样残暴专制，十分愤怒。他在身上藏了一把匕首，想寻机杀掉董卓。一天，他先到朝堂，见董卓来了，便一边迎上去施礼，一边抽出短刀猛地向董卓刺去。没想到董卓力气很大，伸手抓住了他的手腕，旁边又冲出董卓的义子吕布，把他揪住，打倒在地。董卓喝问道："是谁叫你反叛的？"伍孚睁大两眼，大声说："你不是我的君主，我不是你的臣民，谈不上反叛！你罪恶滔天，人人都想杀掉你！我恨不得把你五马分尸，为民除害！"董卓怒不可遏，令人把他押下去开膛剖肚。从此，董卓更加小心谨慎，出入朝堂总带着武士护卫，一般人难以近身。

一天，早朝休息时，司徒王允对一班旧臣说："今天是我的生辰，想请诸位晚上到寒舍饮酒。"大家很乐意，都说："一定来府上给您祝寿。"

当晚，王允设下酒宴，那些老臣都到齐了。大家高高兴兴地坐下，你一言我一语，谈笑风生。三杯酒喝过，王允忽然放下杯子，衣袖遮脸，痛哭起来。大家十分吃惊，不知发生了什么事，纷纷问道：“今天是大人的寿诞，大人为什么伤心流泪呢？”

好大一会儿，王允才停止哭泣，对大家说：“其实，今天并不是我的生辰。我是因为想和诸位叙旧，又怕董卓疑心，所以才找了个借口。想那董卓欺君罔上，国家社稷眼看就要毁于一旦，难以保全。回想当年高祖皇帝手提三尺剑打下江山，子孙相传四百多年！谁料传到今天，却要毁在董卓的手中。想到这些，怎不叫我痛心落泪呢？”王允这番话，说得大家心中酸楚，不觉也感伤流泪，唏嘘一片。一时间，庭中月影昏黄，室内烛光惨淡。面对美酒佳肴，人们无心饮用，沉浸在国难当头的悲痛之中。

正在这时，突然听到席上有人拍手大笑。王允抬起头来，厉声道：“是谁？这样无礼！”

那人边笑边说：“满朝文武大臣，夜哭到明，明哭到夜，就能哭死董卓了吗？！”

王允仔细看时，却是骁骑校尉曹操。王允十分生气，指着曹操说：“你世代受汉朝恩惠，现在你不打算报效国家，反而嘲笑大家，说风凉话吗？”曹操收起笑容，正色道：“司徒大人，我不是笑别的，而笑诸位没有良策杀董贼！我虽然无能，却愿斩贼头挂上城门，以报国家！”

王允听了，立刻转怒为喜，起身对曹操说：“孟德（曹操的字），不妨谈谈你的高见。”其他朝臣也用期待的眼光望着曹操。曹操不慌不忙，喝了一杯酒，然后说：“近来，我一直委曲求全，和董卓周旋，目的就是要等待时机对他下手。现在董卓已经十分宠信我，我可以随意出入相府，接近董卓。”说到这里，曹操目光炯炯，扫视了一下众人，接着说：“听说司徒大人有一把七星宝刀，希望借给我，好让我去相府刺杀董贼。这事万一不成功，我也决不后悔！诸位以为如何？”

王允赞叹道：“孟德有这份壮志，是天下百姓的大幸啊！”转身去内室取出宝刀递给曹操，又亲自斟上一杯酒敬他，祝他能成功。曹操洒酒在地，立誓杀贼，慷慨激昂，和众人告别，出门去了。大家又坐了一会才散。

第二天，曹操佩着宝刀来到相府，问：“丞相在哪儿？”府中人很熟悉曹操，知道是董卓的亲信，就往后一指，说：“在后面内书房。你自己去吧。”曹操便直接进了内房。

董卓正坐在床上闭目养神，吕布站在一旁侍候，见到曹操，问道：“孟德，你今天怎么来晚了？”曹操听了这话，立即有了主意，恭谨地回答：“我的马又瘦又弱，走得慢，就来晚了。”

“哦，是这样啊。最近西凉进贡来许多好马，奉先，”他转过脸来对吕布说，“你亲自去挑匹好马，赐给孟德。”吕布听命出去了。

曹操见状暗暗高兴：刚才担心吕布勇猛，片刻不离，自己没法下手，现在可不是机会来啦！这贼命中该死！他正准备拔刀行刺，转念一想：董卓这老贼体壮力大，上次伍孚就吃了亏；这回要不能成功，一切就都完了。他犹豫了半天，还是没敢轻率动手。

董卓因为身体肥胖，时间坐长了，就感到有点困倦，便叫曹操随意坐坐，自己翻身面朝里躺下了。曹操大喜：机会到了！他走到门边仔细探看了一下，四下里静悄悄的，不见一个人影。回头看时，董卓不住地打着呵欠，毫无防备。曹操抽出腰间宝刀，慢慢向董卓走去。快要近身时，没想到董卓睡眼蒙眬的，从床里边墙上嵌的一面大铜镜中，模模糊糊看到曹操拿刀逼近的样子，惊吓得睡意也跑掉了，一个急翻身，坐起来问道：“孟德，你……你要干什么？”

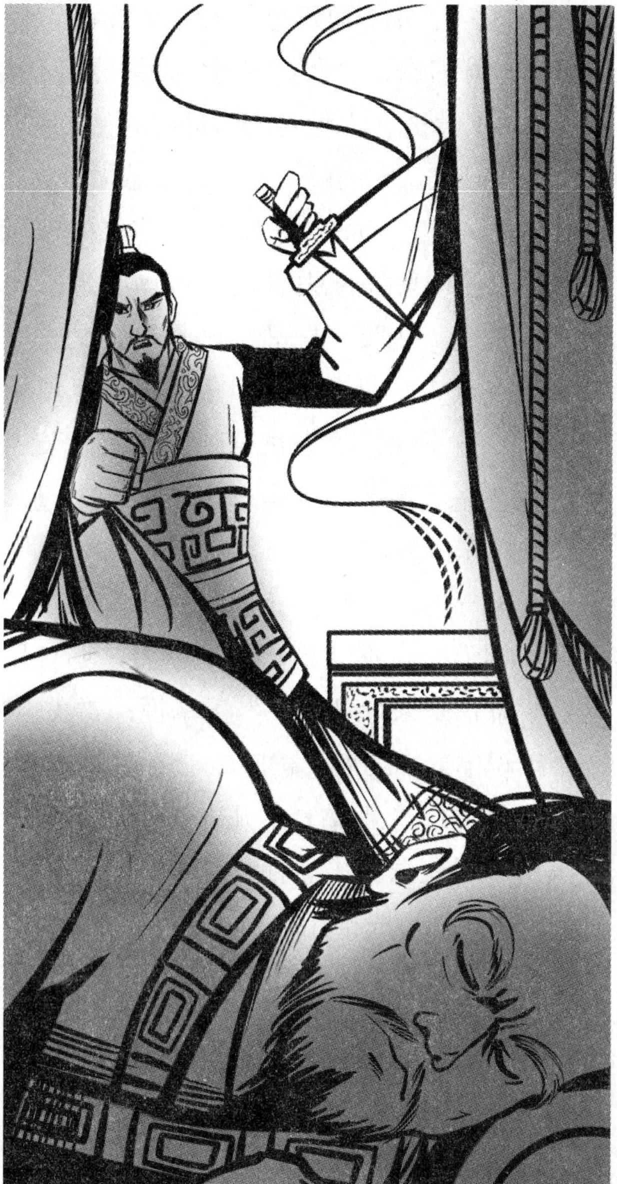

曹操这时离董卓只有一尺多远，董卓坐起时，又正好把整个胸膛暴露在他面前，他本想举刀刺去，却听到院中的马蹄声，知道是吕布牵马到了门外，又见董卓有了防备，心中明白：这次行刺无法成功了，而且自己也陷入了十分危险的境地，得赶快脱身要紧！于是他急中生智，双手捧刀，顺势跪下说：“恩相赐我好马，我无以报答，有一把祖传的七星宝刀，想献给恩相，恳望恩相收下。”

董卓听了，将信将疑，接过刀来端详一番。只见那刀约一尺来长，刀刃又薄又亮，无比锋利；刀柄上镶嵌着七颗宝石，星光闪烁，十分华丽贵重。董卓一面看，一面不住夸赞说：“好刀，好刀啊！‘七星宝刀’，果然名不虚传哪！难得孟德有此忠诚！奉先，”他对刚跨进门的吕布说，“把它收好。”

曹操赶忙从腰间解下刀鞘，恭恭敬敬递给吕布，生怕吕布识破自己。吕布一面插刀入鞘，一面看着曹操，起了疑心。

董卓便叫曹操出去看马。曹操心想：此时不走，更待何时！于是连声赞叹“好马、好马”，又感谢恩相赏赐。董卓满意地点点头。曹操不动声色地说：“恩相，我可以试骑一下吗？”董卓说：“去试试吧！”家人装上鞍辔，曹操牵着马，故意慢吞吞地往外走，出了相府大门，他便跨上马背，飞快地向东南方向奔去。

曹操一出门，满腹狐疑的吕布就对董卓说：“义父，刚才曹操神色有点不对劲！说是献刀，哪有只拿刀身，不解刀鞘的！恐怕是来行刺的！”董卓说：“我也有点怀疑啊。”

正说着，谋士李儒来了，董卓便把事情的经过告诉了他。李儒说：“曹操妻子儿女都不在京城中，只他一个人住在寓所。现在派人去召他，如果他毫不犹豫就来了，那就是献刀；要是他百般推托不来，那一定是行刺，就马上把他抓来问罪。”董卓听了，觉得十分有理，就派四名狱卒去召曹操。

四个人去了好半天才回来，禀报董卓：“曹操并没有回寓所，而是一直骑马出了东城门。守门士兵曾经拦住问他去哪里，他说是相国大人派他出城办紧急公务，便飞奔出城去了。”

董卓大怒，说：“我这样宠信他、重用他，他却反倒来谋害我！”于是下令传送文书到全国各地，画了曹操头像，四处张贴告示，务必捉拿曹操归案。文中说有捉住的赏千金，封万户侯；有胆敢窝藏的，抓住斩首。

曹操这时早已快马加鞭，远离京城而去了。

疑杀伯奢

曹操逃离了洛阳城，扬鞭催马，飞奔故乡谯郡而去。

两天后，曹操来到中牟县城外，觉得气氛有些异样。把守城关的哨岗增加了，进出城门的人都要一个个仔细检查；遇到中年男子，士兵们还拿出一张图画，对照着端详他们的面貌。城墙边，有一群人围着在看那墙上贴的“悬赏通缉”的告示，告示上画着一个人的头像，旁边写着这人的姓名、特征等等。人们一边看，一边议论。

曹操已经猜到，那一定是通缉自己的告示。他牵着马，乔装了一番后，挤在进城的人群中，低着头，想混过关去。

可是守关的士兵们偏偏发现了他，连人带马一起送到县衙里。县令正坐公堂，见到曹操，立刻进行审问。曹操镇定自若地说：“我是路过这里的客商，复姓皇甫。”那县令盯住曹操看了半天，也不说话，好像在思考一件很难判断的事。半晌，他才说：“以前我在洛阳城中求官，住了很久，常和朝中文臣武将交往，所以我对你很熟悉。你就是曹操，为什么隐瞒不说？！来人哪！先把他押下去收在牢中，明天再押送到京城去请赏。”

于是，曹操被关进了大牢。当天晚上，几个士兵送来一壶酒、几碗熟菜和一碗饭，伺候他吃完，然后离开。

到了半夜，县令叫了几个心腹侍从，秘密地到大牢中把曹操提出来，带到县衙后院中，慢慢审问追究。曹操昂然站

立，只是不说话。那县令叫随从们都退下，然后问道："我听说董丞相对你非常好，你为什么要和他作对，引火烧身呢？"曹操仰天看看星空，长叹一声，说："小小燕雀怎能知道鸿雁的远大志向呢？你既然已经抓住了我，就应当把我押送去领赏，又何必问这么多呢？"

县令为自己辩解道："你别小看我。我才不是那种目光短浅、不明事理的世俗小吏。我只不过是没遇上明主，暂时在这里安身罢了。"曹操见县令不是个平庸无能之徒，也就说了心里话："我祖上世代受汉王室的恩惠，如果不思报效国家，那和禽兽有什么不同呢？我委屈自己侍奉董卓的原因，是准备寻机谋杀他，为国除害啊！现在事情不成功，这也是天意啊！"县令又问道："既然这样，那么孟德你这次出走，打算到哪里去呢？"曹操慷慨激昂地说："我要回到故乡，发出传报，号召讨伐董卓。这是我唯一的愿望。"

县令听到这一席发自肺腑的豪言壮语，深受感动，真诚上前去亲自为曹操解开捆在手上的绳子，扶他坐在当中的椅子上，然后倒地而拜，说："先生真是天下的忠义之士啊！"曹操慌忙起来回拜，便问县令的姓名。县令说："我姓陈，名宫，字公台。家中有老母亲和妻子儿女，他们都在东郡。如今为先生的忠心义胆所感动，我已决定放弃官位，跟随先生逃离此地。"曹操大喜过望。陈宫不仅救了自己，而且还要弃官相从，真是一位轻利重义的志士啊！

于是陈宫立即收拾行李盘缠，和曹操一同换了衣装，分别背上一口剑，骑马往曹操故乡奔去。

三天后，两人来到成皋县（今河南荥阳西北）境内。此时已是黄昏时分，只见前面一片稀疏树林里露出了一角院墙。曹操举鞭指着那里，对陈宫说："这地方有一个人，姓吕名伯奢，是我父亲的结义兄弟。我们去他那里，探问一下家中的消息，顺便住一晚，你看怎么样？”陈宫一听很高兴，说：“最好不过了。我正愁无处投宿呢！”

两人来到庄院门前，曹操敲开门，通报姓名后，被请到堂上，与吕伯奢见面。行礼坐定，家人端上茶来。吕伯奢便问曹操：“我听说朝廷到处发通缉令，正在追捕你，情势很危急。你父亲已到陈留郡避风头去了。你怎么能到这里？”

曹操便把几天来发生的一切一五一十都告诉了吕伯奢，又说：“要不是陈县令，我早已粉身碎骨了。”吕伯奢听了，从座位上站起，来到陈宫面前，拜道：“小侄要不是陈使君相救，曹家要受灭门之祸了！使君尽量放宽心，安稳在此，今晚就在草舍住下吧！”说完，站起身回到里边。过了好长时间，吕伯奢才出来，对陈宫说：“老夫家没有好酒，请让我到西村去买一壶好酒来款待二位。”说罢，吕伯奢匆忙骑上驴走了。

曹操与陈宫便坐着喝茶，一边说些闲话，一边等吕伯奢回来。好久，还不见主人回来。这时，精细的曹操忽然听见从庄后传来“霍霍”的磨刀声，便对陈宫说：“吕伯奢并不是我的至亲，这一去十分可疑；现在后院又不知在干什么，我们去听一听。”于是两人放轻脚步，悄悄来到草堂后面，却听到那磨刀声还在响着。又听到另外有人在说：“捆起来杀掉，怎么样？”曹操和陈宫对视了一眼，说：“果真是不安好心！如今我们要是不先下手，一定会被他们抓住杀了！”说罢，两人同时拔出剑来，闯进去，见人就砍。那些人还来不及喊出声来，就倒在了地上，一共杀死了八个人。搜到厨房门边，却看见一头猪被捆住四蹄，正要宰杀。陈宫懊悔不已，连连叹气，说：“孟德，你多心了。我们误杀了好人！”

事已如此，庄中再也不能停留。两人急忙出门上马，往

前路奔去。可是没走到两里路，就看见吕伯奢骑着驴远远来了，鞍前悬挂着两瓶酒，手中还拿着许多新鲜果菜。看见了曹操和陈宫，吕伯奢叫道："贤侄和使君怎么就走了？"曹操迎上去施礼道："戴罪之人，不敢久留。"吕伯奢说："我已吩咐家中人杀猪款待，贤侄和使君何必在乎一个晚上呢？请快快转回马头，随我回去。"

曹操好像没有听见，继续策马往前走，还没走到十步，曹操忽然拔出剑来，拨转马头往回走，对吕伯奢叫道："前边来的这人是谁？"吕伯奢信以为真，便回转身看看身后；这时，曹操已冲到吕伯奢身边，挥剑砍去，吕伯奢顿时从驴背上跌下来，死在地上。

陈宫看到这种情形，大吃一惊，说："刚才杀了吕家八口人，是误会而错杀；现在杀了他，却又是为什么？"曹操说："我这也是迫不得已。要知道，吕伯奢回到家中，看到杀死这么多人，怎么肯罢休？要是领着村中人来追杀我们，那我们一定会遭殃的！"陈宫激动地说："明明知道是场误会，你却还要故意杀人，这是何等不仁不义啊！"

曹操用一种浸透凄怆的语调，仰脸向天，说："宁可我辜负天下人，休叫天下人辜负我！"陈宫听了这番表白，沉默着，一言不发。

当天夜里，走了数里路，在一片明亮的月光中，两人敲开了一家客店的门，进去投宿。两人各怀心思，默默地吃些酒菜，又喂饱了马，已是十分疲惫了。曹操先睡下。

等曹操睡熟之后，陈宫暗自寻思道："我原以为曹操是好人，所以才放弃官职跟随他出走，谁知他竟是个狼心狗肺的东西！真是知人知面不知心！今日要是留下他，必定成为以后的大患，不如趁他睡熟时杀了他。"这样想着，"唰"地拔出剑来。来到曹操床边，正要挥剑砍去，忽然转念想道：“我原出于公心，为了国家大事才跟从他到了这里。我要是杀了他，也是不义。算了，还不如离开他，往别处去吧。”想毕，长叹一声，把剑插入剑鞘，来到店门外，翻身上马，不等天亮，便独自一人飞马奔往东郡去了。

曹操一觉醒来，不见了陈宫。他想了一想，立刻明白了，“是了。这人听我说了那两句话，怀疑我不仁，撇下我走了！我得赶快走！这里不可久留！”于是迅速出门上马，连夜赶往陈留郡。

陈留起兵

陈留（今河南开封东南）当时是兖州的一个大郡，曹家有一部分财产在那里，可以借此招兵买马；而且陈留的太守和曹家也比较熟悉，可以取得他政治上的支持，在那里建立起讨伐董卓的根据地。

曹操到了陈留，与父亲相见，将所发生的事都和他说了；又谈到自己今后的计划，要拿出家中的资财，招募义兵。父亲听了，很是赞许，提醒他说："资财少了恐怕不能成事。这地方有个叫卫弘的孝廉，是个疏财仗义的好汉，家中非常殷富。如果能得到他的相助，事情就有成功的希望了。"

曹操十分高兴，于是摆了一桌丰盛的酒筵，把卫弘请来，然后从容地说："如今汉室没有明主，国贼董卓专权，一味地欺君害民，为天下人所痛恨。我打算竭尽自己全部的力量来扶助社稷，可是实力比较微薄，心中常有憾恨。我知道，先生是个忠义的志士，希望能得到你的相助。"卫弘听了，十分感慨，说："我有这意愿已很长时间了，遗憾的是，一直没有遇到一个真正的英雄。既然孟德有此大志，我愿将家财拿出相助。"

曹操大喜过望。于是他首先发出募兵告示，派人到处张贴，同时招集义兵，立起招兵白旗一面，上边写着"忠义"二字。不到半月，附近郡县的一些乡民子弟，便纷纷来投，聚在旗下。

有一天，一个叫乐进的阳平卫国人，和一个叫李典的山阳巨鹿人，分别投到曹操门下。过了两天，曹操的两个族兄弟夏侯惇、夏侯渊，各带了一千多名壮士，从故乡谯郡来到陈留，与曹操相会。曹操父亲曹嵩原是从夏侯一族过继而来，因此曹操实际上和他两人是同族的叔伯兄弟，他们自小就在一块长大，常在一起盘马弯弓，演习枪棒，都有一身好武艺。两人的到来，真使曹操欣喜万分，振奋不已。

没过几天，曹氏一族的兄弟曹仁、曹洪也各带一千兵士前来相助。曹操更为高兴，觉得如虎添翼，前途有望。这期间，卫弘拿出家中全部财产，为义军置办军衣、盔甲、武器、旗帜；四面八方送粮食衣物的，更是不计其数。

这时袁绍得到曹操传递过去的文书，便聚合起三万兵马，离开渤海来和曹操会盟。曹操写了一道檄文，发往各郡县。檄文说："董卓欺君害民，淫乱宫禁，罪恶滔天，人神共愤。今奉天子密诏，举义兵讨伐国贼。望兴义师共杀元凶，扶持汉室，拯救百姓。檄文到日，速行大事。"

檄文发出之后的一个月内，便有兖州、冀州、豫州等地共十八路诸侯将领纷纷起兵响应。各带一二万或是三四万兵马，往洛阳方向浩浩荡荡而来。他们把队伍安置在陈留郡境内，各自安营扎寨，绵延二百多里。曹操杀牛宰马，款待各路诸侯，在席上便要大家商议进兵之策。

只见河内郡太守王匡起身道："如今起义兵讨贼，必须推举一个盟主，大家都听他的指挥约束，然后才可谈论进兵之策。"一时，大家都沉默不语，陷入沉思。曹操内心寻思：在这些将领中，袁绍虽说才能平平，缺少谋略，但他出身于高门世族，有四世三公的家族荣誉，社会地位很高，学生门徒遍布天下，说起话来有相当的号召力。见大家都不说话，曹操便起身提议："袁本初（袁绍的字）四世三公，又是汉朝名相的后代，可做盟主。"话一说出，众人都纷纷点头说："非本初不可啊！"袁绍再三推辞，众人不肯，袁绍也就答应了。

各地将领起兵讨贼的消息传到洛阳，董卓吓得魂飞魄散。他决定迁都长安。他把袁绍的叔父袁隗和袁术的兄长袁基两家老小五十余口人全部杀光，接着以处置叛贼的名义把洛阳城中数千家富户抓来杀了，财产充公；又焚烧皇宫，挖开皇家陵墓，抢掠珍宝，然后逼迫献帝，驱赶百姓，迁往长安。

曹操听说此事，便来见袁绍，说："现在董贼西逃，我们正好可以乘势追击；本初却按兵不动，是何缘故？"袁绍说："各路兵马现都疲惫困乏，要是进军，恐怕毫无益处。"曹操激动地说："董卓那贼焚烧宫室，挟持天子，海内百姓受到很大震动，一个个惶惶不知所归，人心动摇不定，这是上天要灭亡董贼的好时机啊！我们千万不能错过，一战就能使天下安定。各位将军为什么犹疑不定，不敢进兵呢？"

这时，各路诸侯面面相觑。有的说，他的人马还没到齐；有的说，他的粮草还在途中；又有人说，还是观望一段时间再说；还有的人干脆一言不发。袁绍也说："听说董卓留下了十几万兵马驻扎在洛阳外围。我们恐怕难以取胜，最好不要轻举妄动。"曹操见状大怒，看出这些将领各怀私心，愤愤地说："这帮小子，不值得和他们共同谋划大事！"

激愤之下，曹操独自率领一万多士兵，和夏侯惇、夏侯渊、曹仁、曹洪、李典、乐进，连夜向洛阳方向出发，日夜兼程，追击董卓。

董卓此时已经过了荥阳，安排吕布率领一支精兵断后，令荥阳太守徐荣带兵埋伏在城外山坞旁，以防备追兵袭击。曹操领兵赶上了吕布的骑兵队，双方即刻摆开阵势。夏侯惇一马当先，挺起长枪，直奔吕布，战了几个回合；又见左边杀出一支人马来，曹操忙令夏侯渊迎战；一会儿，右边喊声又起，又是一支人马杀到，这边曹仁迎敌。三路兵马，势不可挡，直杀得黄尘滚滚，遮天盖日，尸横遍地，血流成河。最后，终因寡不敌众，夏侯惇抵挡不住吕布，回马就跑，吕布乘势挥军杀过来。曹操见敌势太强，命军后撤。

来到一座荒山脚下，大约已是二更天，月亮明灿，如同白天。曹操在月光下整顿了人马，正要埋锅做饭，却听见四下里喊声一片，徐荣伏兵一齐冲了出来。曹操立刻翻身上马，往东边奔去，谁知正好迎面遇上徐荣。曹操调转马头便走。那徐荣拉开弓搭上箭，一箭射中曹操的肩膀。曹操带箭而逃，转过山坡，两个埋伏在草丛中的士兵举枪刺来，曹操连人带马中枪倒地。两个士兵冲上前去，抓住曹操，正要捆绑，却见一位将领骑马飞奔过来，挥刀砍死两个士兵，翻身下马，救起曹操。曹操定睛一看，原来是曹洪。

曹操早已疲惫不堪，又多处受伤，不能走动一步，喘着气，对曹洪说：“我要死在这里了，贤弟你还是赶快离开这里吧！”曹洪说：“兄长你快上马！我可以步行！”曹操不肯，说：“敌军要是追上来，你怎么办？”曹洪急了，大声说：“天下可以没有曹洪，却不能没有兄长！”曹操十分感动，噙着泪花，说：“我如能再生，完全是你的功劳。”说完，曹洪扶他上了自己的战马，脱去盔甲，拖着大刀，跟在马后面走。

大约走到四更时分，却见前方一条大河，挡住了去路，回头看时，追兵快赶到了，已能听到追杀的喊声。曹操长叹一声说："命中注定这样，我不可能脱险了！"曹洪急忙扶曹操下马，脱去他的铠甲，背他渡河。刚刚上岸，追兵便到了河边，隔着河水朝两人放箭。曹操浑身湿淋淋的，血还在流，带伤往前走。等到天亮，他们又走了三十多里，来到一个土坡边，两人坐下稍作休息。忽然间，又听到一片喊声，原来是徐荣从河的上游寻船渡河，追杀而来。曹操慌得手足无措，正没办法想时，却见夏侯惇、夏侯渊领着十几个骑兵到了，大声喝道："徐荣，休要伤害我主公！"徐荣便直奔夏侯惇，两人交战起来。没多久，夏侯惇一枪刺中徐荣，挑在马下；其余敌军被众人杀散。不久，曹仁、李典、乐进也各领人马来到，见了曹操，忧喜交集。于是聚合剩下的士兵共五百多人，一同回到河内。董卓军队也往长安去了。

曹操领兵回到大军营地。袁绍早已听说曹操战败的消息，派人迎接，请到大寨中；又邀请十八路将领聚会，摆上酒宴，为曹操压惊。几杯酒下去，曹操深深地叹了一口气，语带悲怆，说："我最初举义旗、兴义兵，是要为国除贼。多承诸公仗义响应。我的初衷，是想请本初带河内的军队，驻扎不动；其余各将固守成皋，占据险要地势；公路（袁术的字）率南阳的军队驻守武关一带。这些地方都是深沟高垒，如果坚持各路进军，控制险要，多布疑兵，互相呼应，这样用顺人心之兵去攻杀逆人心之贼，可以马上见功效。现在大家却迟疑不决，不肯进兵，坐失良机，更使天下百姓失望，我为你们感到羞耻啊！"

袁绍与众将听了，无言可对，唯有沉默而已。酒席散后，曹操更为清楚地认识到，袁绍等十八路诸侯各有各的打算，都是一片私心为自己，料想不能成就讨贼救国的大事。于是，他独自率领部下投往扬州去了。

初定兖州

初平二年（公元191年）初，孙坚奉袁术之命收复洛阳。袁绍对此并不感兴趣，却为袁术势力的增强而深感不安。他命公孙瓒赶走韩馥，自己当了冀州牧；又任命周昂为豫州刺史去攻打孙坚。公孙瓒被当做了工具，愤恨之余，杀了懦弱的幽州牧刘虞，占据了幽州。本来是讨卓盟军，现在却形成盟军之间军阀混战的局面。

曹操去扬州招募了五百多兵马，加上曹洪、曹仁原带家丁，一路上又不断补充兵马，凑成一支数千人的队伍，返回河内，依附盟主袁绍。可是长时间和袁绍相处，目睹袁氏兄弟一系列争权谋私的表演，曹操从内心里十分轻视他们。正在这当头，河北的黑山军势力强盛，四处侵扰。他们原来是冀州的黄巾党人，在张角灭亡后，便以道教的黑色旗为记号，屯驻黑山。曹操便借机拉出自己的人马，奔往东郡去攻打黑山军。

黑山军虽然士气很高，作战骁勇，但毕竟缺乏训练，组织松散。一般攻战，他们视死如归，顽强攻杀，所以常常是所向披靡；可是曹操却善于用兵，在探明敌情后，兵分两路，一路由夏侯惇率领，绕道渡河，攻打敌方前军；另一路由曹操亲自指挥，包抄敌军后方。面对这种几方夹击和奇袭的战斗，黑山军阵脚大乱，加上敌不过训练有素的官兵，几乎全军覆灭。曹操很快占领了东郡重镇濮阳。

袁绍接到传报，便做了个顺水人情，当下以盟主身份任命曹操为东郡太守。在这里，曹操第一次有了属于自己的“地盘”。有了地盘，就有了粮草给养的来源，就不再有寄人篱下的苦恼了。

这一年的五月份，青州黄巾军聚集了百万兵力进攻兖州，刺史刘岱轻率出击，结果战死沙场。兖州一片混乱。太仆朱儁向朝廷保举曹操破贼，朝廷立即下诏，命曹操和济北相鲍信一同破贼。

曹操领了圣旨，会同鲍信，同时举兵向寿阳进发，鲍信杀进重围，为敌人所害。曹操追赶敌军，一直追到济北，大获全胜。青州军纷纷投降。于是曹操利用降卒打前阵，一路过去，又招降了无数青州军。两三个月里，曹操招安到降兵三十多万。于是他从中挑选出那些年轻力壮、武艺高强的精兵，组成“青州兵”，归自己统率，其余的人都被遣散回乡务农。从此，曹操的势力逐渐强大起来。捷报传到长安，朝廷便任命曹操做兖州牧，加封镇东将军。

这期间，董卓已被司徒王允使“连环计”杀死，朝廷似乎又有了一线生机。此时曹操又有了一个儿子，取名“植”，字“子建”，希望他能像自己一样，建功立业。这一年，曹操三十七岁。

曹操开始为自己的将来谋划了。要干一番大事业，得先要有一批足智多谋的贤士，作为自己的臂膀。于是，曹操命人四处张贴告示，广泛招贤纳士。

一天，颍川人荀彧和侄子荀攸相约一起投奔曹操。荀彧是颍川才子，少年时便有很大的名声。当时的名士见到荀彧时，曾公开评价说：“这个年轻人才华出众，将来可以成为帝王的辅佐之才。”后来，荀彧和弟弟荀谌去冀州投奔韩馥，他们赶到时，冀州已为袁绍占有，于是就做了袁绍的谋士。没多久，荀彧发现了袁绍的弱点。他认为袁绍好谋而不能善断，心胸狭窄，妒贤嫉能，将来成就不了大事业；同时又听说了曹操的才能与威名，便来投奔曹操。

荀彧是个饱读诗书、明了国事、足智多谋的人。初见曹操，便为他分析天下各大军阀的实力和前景，又提出许多建议。两人越谈越投机。曹操非常高兴，站起身笑着称赞说："你，正是我的张子房啊！"他把荀彧比成汉高祖打天下的军师张良，可见他对荀彧的佩服和欣赏程度了。这时荀彧才二十九岁，小曹操八岁。曹操为了表示诚意，便把自己的奋武将军的头衔赠给荀彧，任命他为奋勇司马。

荀彧的侄子荀攸也是海内名士，比荀彧小两岁，曾被朝廷任命为黄门侍郎，后见天下混乱，朝廷黑暗，弃官回乡。现在也来投曹操，曹操便任命他为行军教授。

荀彧又向曹操推荐说："我听说兖州有一个贤士，如今此人不知在哪里。"曹操忙问是谁，荀彧说："是东郡的程昱啊。"曹操说："我也早听说过他的大名了！"说着立刻派人去乡里寻访程昱。不久得到消息说，程昱在山中读书隐居，曹操便亲自去山中请程昱出山。程昱答应扶助曹操，曹操从内心感到高兴。

程昱来见荀彧说："我孤陋寡闻，才学平庸，却得到先生的郑重推荐，真是惭愧不已。先生有个同乡叫郭嘉的，是当今有名的贤士，您为何不招他来呢？"这一说，荀彧猛然省悟说："哎呀！我差点忘了！"于是便对曹操举荐了郭嘉，建议他用重礼聘请郭嘉到兖州来，共谋大事。郭嘉来后，又举荐了汉光武帝的后代、淮南人刘晔；刘晔也推荐了两个人，一个是山阳人满宠，一个是武城人吕虔；这两人到后，又共同举荐了陈留人毛玠。一时间，谋士们风云际会，纷纷来投。

文士如云，武将也争先恐后，不甘示弱。有个叫于禁的山东人，领着几百人马来投。曹操见他弓箭、马术十分娴熟，武艺出众，便任命为点军司马。又一天，夏侯惇领着一个壮士来拜见曹操，向曹操介绍说："这人是陈留人，姓典名韦，勇武过人。原来跟随陈留太守张邈的，因为与手下人不和，发生冲突，杀了十来个人，逃到山中。我前次去山中打猎时，见到他赶杀一只猛虎跃过山涧，认定是条好汉，便把他收到我的军中。今天特地来向您举荐他。"曹操笑着说："我看这人容貌不俗，体格魁梧，想必是个身强力壮的勇士！"夏侯惇说："他曾经为一个朋友报仇杀人，提着人头穿过闹市，好几百人都不敢靠近。如今他用的两支铁戟，有八十斤重，在马上轻便如飞。"

曹操听了很感兴趣，当下就叫典韦试着演练一番。典韦出了门，双手握住双戟，上了战马，来到演练场，纵马挥舞起来，看得场下军士们都呆了。这时，帐前一杆大旗被狂风吹得摇摇欲坠，场外十几个士兵赶上前去，尽力扶住那旗杆，可是根本扶不住，眼看旗杆就要倒地，典韦看见这个情形，翻身下马，叫那十几个军士闪开，大步上前，伸出左手握住旗杆，挺立在狂风当中，旗杆稳稳当当竖立在那里，一动不动。曹操大声喝彩道："真是不可多得的勇士啊！"当下就任命他为帐前都尉，又脱下自己身上的锦衣披在典韦身上，命人牵来骏马一匹，配上雕鞍一副，赏赐典韦。

从此，曹操部下文有谋臣，武有猛将，威镇山东。曹操于是派泰山太守应劭，带人去接在琅琊避难的父亲曹嵩来同住。曹嵩接到书信，立即和弟弟曹德收拾起家财，装了一百多辆马车，带领全家老少四十多口，还有仆役一百多人，直奔兖州而来。路过徐州时，受到徐州太守陶谦的热情款待。两天后，陶谦亲自送出城门，还特地派都尉张闿率五百名士兵护送。可是第三天夜里，当他们来到一座荒野古寺借宿时，张闿却命五百士兵将曹嵩和全家四十多口人全部杀害，一百多辆车上的财物被抢劫一空，还放火烧了寺庙。应劭死命逃脱，投奔袁绍去了。

当曹操听到这个消息时，悲愤得差点晕了过去。自从董卓作乱开始，父亲就一直受到自己的牵累，带着一家老小四处避难，受尽了颠沛流离之苦。现在总算有了报偿父亲的机会了，他却惨遭杀害；作为父亲一直关注和期待的儿子，怎能不痛彻心底？！杀父之仇，岂能不报！

曹操把账全都算在了陶谦的身上。他立即点起所有兵马，令夏侯惇、于禁、典韦做先锋，浩浩荡荡，杀奔徐州而来。陶谦在徐州听到消息，仰天大哭，说："这是我的罪过啊！导致徐州百姓遭受到这样大的灾难！"没办法，只好领兵出城迎战。远远望去，曹操军队好像铺霜涌雪一般往前扑来，中军竖起两面白旗，上面写着"报仇雪恨"四个黑色大字。两军对阵，曹操全身穿白，在马上痛斥陶谦杀害无辜。陶谦再三为自己辩解，说自己是冤枉的；曹操不听，命夏侯惇出战。一时间狂风大作，飞沙走石，杀声一片，难分胜败。

第二天再战时，曹操兵分两路，命夏侯惇率两万精兵从左翼包抄，自己从正面进攻。几次猛烈的冲击，打乱了陶谦的阵脚，曹兵趁势掩杀过去，一直追击到泗水南岸。徐州兵一败涂地，血流成河，万余具尸体倒在郊野上。陶谦带着残兵败将退守城中，严密防守。相持了一个多月，曹操粮草不多，只好暂时回到兖州。

经过休整，曹操再次率兵攻徐州。这时，陶谦派人四处求助，曹豹和刘备已率兵在离徐州不远的地方设下埋伏，准备袭击曹军。曹操令夏侯渊领兵对付刘备的伏军，自己仍旧向徐州杀来，所到之处，受害百姓不计其数，损失惨重。

濮阳激战

正当曹操全力进攻徐州时，兖州那边飞马报信，说吕布趁曹操后方空虚，已攻破兖州，进而占据濮阳。

曹操得知后，十分震惊，说："兖州失去，我们就无家可归了！不能不早作打算啊！"于是立刻撤军。驻守兖州的曹仁接着汇报了吕布进军的情况，又说鄄城、东阿、范县三个地方，幸亏荀彧和程昱设下奇谋，城郭尚在。曹操便召集谋士和武将共同商议对策。

吕布命两个副将守兖州，自己亲领数万士兵向濮阳进发。陈宫听说后，急忙来见吕布，说："两位副将肯定守不住兖州。从这往正南方向一百八十里，是泰山路上险要之处，将军可安排一万精兵埋伏在那里。曹操见兖州失守，一定会抢险路赶来，等他过来一半，将军迅速出击，肯定会捉住他。"吕布傲慢地说："我驻扎濮阳，自有好主意。你怎能知道！"

曹操率军队走到泰山险路上，谋士郭嘉提醒说："暂且不要前进，这里恐怕有埋伏。"曹操笑着说："你说得有理。不过，吕布是个有勇无谋之徒，他派副将守兖州，自己去濮阳，怎么会在这里设下埋伏呢？"接着，叫曹仁领一路人马去包围兖州，自己进攻濮阳。

陈宫听说曹操逼近，又向吕布献计说："如今曹军从远处而来，我们应以迅雷不及掩耳之势迅速决战，才能取胜，千万不能让他们养好力气。”吕布又不屑一顾地说：“我一向单枪匹马，却纵横天下无敌手，区区一个曹操何用发愁！等他安下营寨，我自然有击败他的办法！”

曹操兵临城下，下了寨脚。第二天，引兵在城外旷野摆开阵势。吕布也带兵出城迎战。门旗下，曹操指着吕布，大声说：“我与你一向无冤无仇，你为什么要夺我的城池？”吕布也高声回答：“汉家城池，人人有份，偏偏只有你能占住？”令部将臧霸出马挑战。这边乐进迎上，两马相接，双枪齐举，斗了三十多个回合，不分胜负。夏侯惇拍马上阵助战，吕布军中张辽迎住，一场恶斗。吕布看得火起，飞马挺枪冲上阵来；夏侯惇和乐进敌不住，便往回跑，吕布冲杀过来，曹军大败，后退了三四十里。吕布收军。

曹操输了一阵，回来与将士商议。于禁说：“我今天上山观望，看到濮阳西边有个寨，士兵不多。他们认为我们败退了，肯定毫无准备，我们今晚去袭击；如果拿下了，会吓住吕布的。这是上策。”曹操依从了，领着曹洪、于禁、典韦等将，率精兵两万，立即从小路进发，黄昏时分，来到吕布西寨，兵分四路，迅速攻进寨去。寨中士兵抵挡不住，四散奔走，曹操夺下寨来。天刚亮，吕布亲自带兵来救援，曹操只好放弃西寨，往北路走。转过山，迎面张辽带兵拦住去路，曹洪迎战，曹操又往西走，又被吕布部将率兵拦截。三路夹击，箭如雨至，曹操无法脱身，大叫道：“谁来救我？”

正在危急关头，马军中典韦冲了出来，手持铁戟，大叫一声：“主公别担心！”一边从马上跃下，将两支大铁戟插在背后，却从身上取出十几支短戟，抓在两手中，回头对随从的士兵说：“敌人离我十步远时叫我！”说完放开脚步，冒着箭雨往前冲去。吕布军中有十几个骑兵追了上来。随从大叫道："十步啦！"典韦说："五步再叫我！"随从又叫道："五步啦！"典韦听到，便从手中飞出短戟刺去，一戟一人，没有一支虚发，眨眼工夫，杀死十几个人。其余的敌军顷刻都逃散了。典韦重跃上马，挺起一双大铁戟，又冲杀到敌人阵中，敌军抵挡不住，一下子全逃离了。曹操被救了出来。

大家会合到一起，往本寨撤去。天色渐渐黑了下来。突然背后喊声大作，吕布带领人马赶到，大喊"休走"。大家困乏之至，慌张不已，却见前方一支兵马到来，原来是夏侯惇救援来了。双方厮杀一阵，突然下起了大雨。于是各自收军。

这天晚上，曹操正在愁闷，思虑破敌之计。忽然来人报告说，濮阳城中富户田氏派人送上密信。曹操接过看时，那上面写道："吕布已到黎阳去了，城中空虚。希望赶快来，我做内应。城头白旗写着'义'字，便是暗号。"曹操大喜过望，说："上天让我得到濮阳啊！"忙命点兵。刘晔进言说："吕布虽然无谋，但陈宫却诡计多端。只怕其中有诈，不能不防着点。主公要去的话，最好将三军分为三队，两队埋伏在城外接应，一队入城，才妥当。"

曹操听从了刘晔的意见，兵分三路，来到城下。看那城楼上，果真有面"义"字白旗，心中暗暗高兴。中午时分，城门开了，城中两员大将引兵杀来，典韦迎住，敌军抵挡不住，退回城中。有几个士兵乘机混过阵来，又送上一封密信，说："今夜初更时分，城上鸣锣为号，便可进兵。我将打开城门。"

时候一到，曹操命夏侯惇在左，曹洪在右，自己领夏侯渊、李典、乐进、典韦四将，直接带兵进城。李典说："主

公还是在城外的好，让我们进城。”曹操斥责道：“我不在前面，谁肯向前！”于是领兵前行。这时，月亮还没上来，黑乎乎的一片，只听西门有喊声，门楼上火光明亮，城门大开，吊桥放了下来。曹操一马当先，冲上吊桥，奔进城去，一直奔到州衙，不见一个人影，当下省悟，知道中了计，连忙拨转马头，大叫：“退兵。”话音刚落，听到州衙中一声炮响，四方烈火冲天而起，金鼓齐鸣，喊声震天动地。四面八方冲出吕布的几支兵马，拦住去路。典韦奋力砍杀，冲到吊桥边，回头不见曹操，回转身来又重新杀进城去，迎面碰上李典。典韦便问主公在哪，李典也说找不到。典韦便叫李典去城外搬救兵，自己又杀回寻找。

再说曹操被人马截住，无法冲出南门，又转到北门，火光里正好撞见吕布挺着戟冲过来。曹操用手遮住脸，竟从吕布面前冲了过去。吕布从他身后追来，拿起戟在曹操头盔上打了一下，问道：“曹操在哪里？”曹操往相反的方向一指，说：“前面骑黄马的是他。”吕布听说，放下曹操，飞马去追。曹操拨转马头，往东门便走，正遇上典韦，典韦护着曹操，杀出一条血路，直奔到城门边。城上推下来柴草，遍地都是火。刚到门洞下，城门上塌下来一条火梁，打在曹操战马后胯上，马立即跌倒了；曹操伸出双手，托住火梁，推放到地上，胡须、头发烧着了，手臂也烧伤了。典韦回马救起曹操，冲出城去。一直混战到天亮，才回到寨中。

众将士都来帐中问候，曹操抬起头来，仰面大笑说：“误中这小子的诡计了！我一定要报这个仇！”郭嘉说：“我们得尽快想出对策。”曹操望望大家，从容不迫地说：“现在，我们只需将计就计，故意放出风声，说我被火烧伤，已经死了；吕布肯定会领兵来攻杀。而我们呢，却在马陵山中埋下伏兵，等他们人马过了一半时再袭击他们。吕布一定大败。”郭嘉称赞不已，说：“真是好计！”于是命军中所有士兵全部穿孝，一片白色，假说曹操死了，为他发丧。

这个消息很快就报到了濮阳城中吕布那里，说是曹操被火烧伤身体，一回营寨就死了。吕布十分兴奋，立刻点起军马，往马陵山方向杀奔而来。快到曹军营寨时，只听一声鼓响，四下里冲出伏兵，杀进队伍中来，混战中，吕布拼命斗杀才得逃脱，败退到城中，坚守不出。

两军相持三个多月。忽然蝗虫铺天盖地飞来，庄稼被糟蹋完了，老百姓经受不住饥荒的煎熬，纷纷外出逃难。这样一来，双方的军粮都成了问题，于是曹操率兵退到鄄城。

第二年正月，曹操又向吕布发起了进攻，在定陶歼灭了吕布一万多人马。三个月后，又在巨野打败了吕布的骑兵部队。不久，曹操再次出兵定陶，收复了兖州所属的郡县，平定了山东。吕布带上残兵败将投奔刘备去了。朝廷闻报，加封曹操为建德将军、费亭侯。

迁都许昌

山东平定后不久，新的机遇又来临了。建安元年（公元196年），是曹操收复兖州的第二年，他四十二岁。这期间，汉王室虽然已经摇摇欲坠，败局无法挽回，但汉献帝作为国家最高权力的象征，仍有很大的政治影响。各大军阀中，谁能控制献帝，谁就具备向其他诸侯发号施令的主动权。几年前，曹操初定兖州时，谋士毛玠曾经建议他“奉天子而令诸侯”，他笑而心许；现在，是不是可以着力实行了呢？

三年前，李傕、郭汜把汉献帝控制在手中，朝廷被搅得混乱不堪。两个毫无远见卓识的武夫，关系时好时坏。有时他们以兄弟相称，连手攻杀共同的敌人；有时却尔虞我诈，为了个人私利大打出手，搅得长安城内鸡犬不宁，民怨沸腾。去年十一月，胆战心惊的汉献帝在董承、杨奉的保护下迁都洛阳；他们两人省悟过来后，又携起手来，领兵同追天子，半路上和董承、杨奉打了一仗。现在，献帝正是虚弱不堪，急需保护之时。他虽回到洛阳，但城中是一片废墟，街市荒无人烟，满目野草，宫院中只有断墙残瓦，只好临时建个小宫安身。文武百官朝见献帝，全都站在荆棘丛中。这年又正好遇上灾荒，城中居民只剩两三百家，没有粮食，人们只有出城去剥树皮、挖草根充饥。朝廷从尚书郎开始，大臣们都被迫去城外采野菜、砍木柴，以维持天子百官的生活，很多官员往往一去不返，饿死在乱草丛中。在这种情形下，太尉杨彪启奏献帝说：“如今曹操在山东兵强将广，可宣他进京辅佐王室。”献帝立即降旨，命人赴山东召曹操。

曹操也正在和众谋士商议进退方针。荀彧进言说：“以前晋文公曾扶助周襄王，诸侯因此都服从他；汉高祖为义帝发丧，天下因而归心。如今天子正处于苦难之中，将军您应抓住这个机会，发动义兵去保护天子，实际上也就是借天子的名义来号令诸侯，这是一条英明的策略啊！我听说袁绍也有这个打算，只是犹豫不决，还没真正行动；将军您要是不抢先动手，只怕别人要赶在我们的前头了！”这番话，直说到曹操心里头去了，他立即传令，收拾起兵。就在当头，天子的诏书到了。曹操接诏后，马上就领兵出发了。

献帝自从派使者去山东，每天都在盼望着救兵的到来。一天，侍卫来报告说，李傕、郭汜领兵来攻，很快就要到洛阳了。献帝大吃一惊，对杨奉说：“去山东的使者还没回来，李郭军队又快到了，这可怎么办？”杨奉说：“我们愿和贼兵决一死战，拼死保护陛下。”董承在一旁说：“不可不可。城池破旧，兵力衰弱，要是战败了，又怎么办？不如护驾往山东去，避一避锋芒。”献帝采纳了这个建议，当下便起驾往山东进发。文武百官无马可骑，一个个都跟在帝驾后面步行。

出了洛阳城，还没走到百步，就看见前面路上黄尘滚滚，鼓声震天，数不清的人马铺天盖地而来。献帝吓得浑身发抖，一句话也说不出来。这时，只见一个人骑马飞奔前来，到车驾前跪拜说：“曹将军应诏领兵前来，听说李傕、郭汜进犯洛阳，便先派夏侯惇为先锋，领上将十名，精兵五万，前来保驾。”献帝听这么一说，心中安定下来。一会儿，夏侯惇、典韦等将领，来到车驾前拜见献帝。正说话间，忽然东边又来了一路兵马，夏侯惇迎了上去。片刻，曹洪和李典、乐进来拜见献帝，说：“臣兄长担心夏侯惇抵挡不住敌军，又派我们来相助。”献帝感动不已，说：“曹将军真是社稷大臣啊！”

这时，探子报说贼兵到了。夏侯惇和曹洪兵分两路，全力攻杀，贼兵大败，死了一万多人。于是请皇上回到洛阳，夏侯惇驻扎在城外。

第二天，曹操领了大队人马到达。安下营寨后，曹操进城拜见皇上，皇上十分高兴，觉得眼前这个壮实勇武、威风凛凛的将军成了他今后强有力的依靠。曹操望着这位少年天子，安慰他说：“臣一向蒙受皇上恩典，无时无刻不想着回报。现在李傕、郭汜犯上作乱，罪恶滔天；臣有二十万精兵，名正言顺讨伐叛贼，一定会获得胜利。陛下请放宽心，要保重龙体，为社稷着想啊！”皇上感动无比。于是封曹操为司隶校尉，授他黄钺，录尚书事。

不久，曹操亲自率领大军，出城与李傕、郭汜作战，大获全胜。李郭军队死的死，降的降，剩下李郭二人无处安身，往山中逃命去了。曹操回兵，仍然驻扎在城外。

一天，营中来了一个人，奉旨请曹操进宫议事。曹操请他进帐，见那人眉清目秀，精神饱满，心中暗想：“如今洛阳大闹饥荒，官僚百姓都面露饥饿的神色，为何偏偏这个人长得这么胖？”坐下后，曹操便试探道：“先生容颜丰润，是什么功法调理成这样的啊？”来人回答说：“我没有别的办法，只是因为吃素已三十年了。”曹操立刻明白了其中的道理，点头微笑，又问道：“先生现在是什么职务啊？”来人回答道：“我是孝廉出身，原来是袁绍的从事。现在听说天子回到故都，专门来朝见，被封为正议郎。我是定陶人，叫董昭。”曹操听说，立即起身行礼，说：“久闻大名！今日有幸和先生相会。”立刻叫人摆上酒席款待，又派人请荀彧来和他相会。

饮酒谈笑之间，曹操感到和董昭谈得十分投机，相见恨晚。谈到深处，曹操便向董昭请教朝廷大事。董昭推心置腹，为曹操谋划说："明公发动义兵铲除暴乱，又入朝辅佐天子，这一功劳可以和春秋五霸主的业绩相比拟啊！不过，都中将领人多心杂，各有各的想法，未必都能服从明公的意志；您若还留在这里，恐怕会有很多不便，只有迁都许昌，才是上策。当然，朝廷刚刚迁回洛阳，大家都希望能尽快安定下来，现在如果又要搬迁，大家肯定会有不满。但要做不平常的事，才有不平凡的功绩。希望将军早作决断。"曹操欣喜异常，不觉起身走到董昭面前，握住他的双手笑着说："这是我的本意啊！但杨奉在大梁，大臣们又在朝中，会不会有什么变故呢？"董昭从容回答说："这好办，先写信给杨奉，稳定他的心，然后明确告诉大臣，就说朝中缺粮，移驾许昌，可就近运送粮食。大臣肯定会欣然从命的。"曹操十分高兴。董昭当下辞别，曹操握住他的手，郑重地说："以后凡是有什么行动，希望先生还要指教我。"

曹操和谋士们秘密商议后，主意更决。第二天，他就入朝见献帝，启奏道："洛阳荒废已很长时间了，无法再修整好宫殿楼宇；再说，饥荒严重，转运粮食十分艰难辛苦。许昌靠近鲁阳，粮食运转方便，而且宫室城郭完备，财物充足，百姓富裕。臣请皇上移驾许昌。希望陛下能接受臣的建议。"献帝依从了，百官也没有人敢提出异议。于是选了个吉日起驾，曹操领军护行，百官随从。

去许昌的路上，杨奉领兵拦住去路，他的副将徐晃一马当先，冲上前来。曹操便命许褚出马迎战。两人相斗五十多个回合，不分胜败。

晚上，行军从事满宠扮成一个士兵，悄悄混进对方军中，来到徐晃帐前，与徐晃相见。原来，白天交战时，曹操见徐晃威风凛凛，武艺高强，是良将之才,心中便暗暗欢喜；满宠和徐晃本是老朋友，看出曹操的意思，便自告奋勇来劝说徐晃。徐晃被满宠说动，连夜带着十几个随从来投曹操。次日交战，杨奉大败，投袁术去了。

献帝一行人到达许昌。曹操立即着手建造宫室、殿宇、宗庙、衙门，修整城郭、府库；封董承等十三人为列侯。赏有功，罚有罪，一概听从曹操的安排。曹操自封为大将军、武平侯，荀彧为侍中尚书令，荀攸为军师，郭嘉为司马祭酒，程昱为东平相，董昭为洛阳令，满宠为许都令，夏侯惇、夏侯渊、曹仁、曹洪都为将军，徐晃、典韦等全都封官。从此，曹操掌握了朝廷军政大权。

败师淯水

当曹操在许都忙于重建汉室宗庙、屯田蓄粮时，中原仍旧战火不熄。吕布夺了徐州，自封徐州牧；刘备兵败，来许昌投奔曹操。程昱、荀彧都建议曹操趁机杀掉刘备，以绝后患；郭嘉表示反对。曹操也知道刘备是个英雄，但不愿为杀一个人而失去天下人之心，便表奏皇上，荐刘备做豫州牧，又资助兵马军粮，让刘备到沛城屯扎，招集那些失散的人马。

曹操正准备出兵讨伐吕布，却接到探子来报说："张绣以贾诩为谋士，联合刘表，屯兵宛城，准备发兵进犯许都，争夺帝位。"曹操大怒，立刻就想出兵讨伐，又怕吕布乘机来犯许都，于是就与荀彧商量对策。荀彧说："这事不难。吕布是一个又无谋又好利的小人，明公可以派人去徐州，封官赏金，叫他和刘备和解；吕布一定很高兴，这样他就不会再来攻许都了。"曹操听了，连说："好极了。"于是派出使者，依荀彧的计策施行。同时，朝廷大事交付给荀彧，曹操亲自率领十五万大军向宛城进发，征讨张绣，拉开了逐鹿中原的帷幕。这是建安二年（公元197年）的正月，曹操四十三岁。

曹操将大军分成三路，让夏侯惇做先锋，来到淯水边安营扎寨。曹军兵精马壮，气势不可抵挡；贾诩便向张绣劝说："曹操的军队是不可抵挡的，我们不如投降吧。"张绣

见说得有理，便接受了建议，并让贾诩到曹操寨中表达心意。

曹操见贾诩应付从容，对答如流，是个满腹经纶、口才出众的人才，心中十分敬爱他，便说出了想让他做自己谋士的心愿。贾诩从容不迫地说："我以前跟从李傕，结果把天下人都得罪了；现在跟从张绣，张绣对我言听计从，恭敬有礼，我不忍心抛下他不顾。"说完，便告辞了。

第二天，贾诩领着张绣来见曹操，曹操十分隆重热情地款待他们。接着，曹操带兵进入宛城驻扎，其他几路人马分别驻守城外，营寨一个挨着一个，有十多里长。曹操在城中一住就是好几天，张绣每天都设酒宴款待曹操。

一天，张绣又宴请曹操，曹操因为高兴异常，喝多了酒，已有了七分醉意。回到住所，暗地里便问左右侍从说："这城中有没有歌女啊？"他的侄儿曹安民知道他的意图，便悄悄地对他说："昨晚侄儿看到东边一家门里，有个十分美丽的女子，听说是张绣叔叔张济的妻子。"醉意蒙胧的曹操一听，马上就让曹安民带五十个士兵去请那女子过来。一会儿，人来了，曹操仔细一看，果然十分美丽，问她姓什么，她回答说："张济之妻，邹氏。"曹操笑问她："夫人，你认得我吗？"邹氏说："早已听说了丞相的威名，今天有幸见到了您。"曹操说："你可知道，我因为夫人的缘故，才接受了张绣的请降；不然的话，你一家已经灭族了。"邹氏听见这样说，立刻跪拜感谢，说："感谢丞相再生大恩。"曹操于是便问邹氏，是否愿意留在这里侍奉他；邹氏十分愿意，当夜便留在曹操住处。

第二天，邹氏对曹操说："住城中一久，张绣会对您生疑心，我也怕别人议论我。"曹操笑道："好吧，明天就和夫人去城外寨中住。"于是次日，曹操便搬回寨中安顿，又让典韦在中军帐外值班守夜，别人不经传唤，不准进帐。从此，曹操每天饮酒作诗，邹氏弹琴唱歌，殷勤侍奉，十分逍遥快乐，也忘了回许都了。

张绣的一个家人知道了这件事，悄悄地报告给张绣。张绣大怒，说："曹操太过分了！这不是在侮辱我吗？"便请来贾诩商议对策。贾诩嘱他千万不要泄露这事，然后提出一条计策来。

第二天，曹操坐在中军帐中议事，张绣进帐说："新降的士兵逃走了很多，希望能允许我将中军换地方驻扎。"曹操答应了。于是张绣便将他的军队换了位置，分成四个大营寨，约定了举事的时间。张绣害怕典韦的勇猛，担心到时候难以靠近中军帐，便和偏将胡车儿商量。那胡车儿力气很大，能背五百斤重的东西，一天能走七百里，是一个不同寻常的壮士。听张绣一说，胡车儿便献上一计："典韦的可怕之处，在他那两支铁戟。主公明天请他来喝酒，让他喝醉才放他回去。那时，我便混进跟他来的士兵队伍里，偷偷进到他的帐房，把他的铁戟偷走。这样，他就不可怕了。"张绣听了，喜不自禁，于是第二天依计而行。

第二天晚上，曹操仍像往常一样，在帐中饮酒，邹氏弹琴侍候。忽然，帐外传来马的嘶叫声和人的说话声。曹操立刻叫人出去察看，回报说是张绣的部下在巡夜，曹操便不再怀疑。将近二更时分，突然听到寨中喊声一片，说是粮草车起火了。曹操站起来，出了帐门，对士兵们说："失火事小，大家不要轻举妄动。"

不一会儿，却见四下里全部着了火，烧成一片，曹操这才开始惊慌起来，急忙叫典韦。典韦还在醉梦中，迷迷糊糊听到鼓声、喊声，乱成一片，猛地跳了起来，去旁边抓他的铁戟，可是铁戟不见了。这时，敌兵已来到辕门，密密麻

麻，不计其数。典韦慌乱中从一个步兵身上抽出腰刀，冲上前去，见无数军马，挺着长枪，已冲到寨前，立即拼力上前举刀就砍，杀死了二十多个敌人。马军被击退了，但步兵又冲了上来，两边枪刀无数，典韦身上没穿铠甲，浑身上下被刺中十几枪，却仍不肯退回，拼死搏斗。后来，腰刀砍卷了口，无法再用了，典韦就扔掉刀，双手提着两个敌人挥舞起来，被他撞死了八九个。敌军不敢走近，远远地射过箭来，箭如骤雨一般密集。典韦还是拼死堵住寨门。无奈敌人已从寨后攻进来，典韦背上中了一枪，血流满地，大叫几声，倒地而死。好久，还没有一个人敢从前门进寨。

再说曹操幸亏有典韦挡住寨门，才得以从寨后上马逃走，身后只有曹安民步行跟随。曹操右臂中了一箭，马也中了三箭，亏得那匹马是大宛良马，经受得住疼痛，也跑得快。刚刚跑到淯水河边，敌军追上来了，把曹安民砍死。曹操急忙鞭马冲进水里，上了岸，敌人一箭射中了马头，马倒在地上。曹操长子曹昂，这时也骑马冲到他身旁，立即就将自己骑的马给了曹操。曹操上马迅速逃离了，曹昂却被乱箭射死。曹操一路上遇上部将，于是收集各部散兵。

这时，夏侯惇所率领的人马，即是收编的青州兵，乘着混乱下乡抢劫村民。平虏校尉于禁得知，便命令自己的部下一路剿杀青州兵，同时安抚乡中百姓。青州兵跑回来，正好迎着曹操，一个个哭声震天，跪拜在地，说于禁造反，要将青州兵斩尽杀绝。曹操十分震惊。过了不久，夏侯惇、许褚、李典、乐进都到了，曹操对他们说，于禁造反，要整顿兵马对付他。

再说于禁看见曹操和一帮将领都到了，便领兵稳住阵脚，安营扎寨。部下来说："青州兵说将军造反，现在丞相到了，你为何不作辩解，却要先扎营寨呢？"于禁说："追兵马上就要到了，不作准备，怎能迎敌？辩解事小，退敌事大。”正说着，张绣军分两路杀到了，于禁亲自出寨迎敌，杀退追兵。左右将领见状，也分别从各自寨中领兵出战，共同攻杀，张绣军大败。曹操部下的将领们联手追杀，追出一百多里，张绣一败涂地，带着残兵败将投奔刘表去了。

曹操收军点将，于禁来见曹操，将青州兵到处抢劫，大失人心，故剿杀一事，细细禀报曹操。曹操问道：“你不把事情告诉我，却先安下营寨，是什么缘故？”于禁便把先前对部下说过的话重复了一遍。曹操说：“将军在匆忙之中，还能整顿兵马，壁垒森严，任人诽谤，又反败为胜，即使是古代名将也不过如此啊！”于是赏赐于禁一副金器，又封他为益寿亭侯；又责罚夏侯惇治军不严。

赏罚完毕，曹操设下祭奠，为典韦哀哀哭泣。他对部将们说：“我失去长子和爱侄，都没有深深的伤痛；我只为典韦而号哭啊！”部将们深受感动。

第二天，曹操便领兵回朝了。

东征袁术

袁术在淮南，仗着土地辽阔，粮食丰饶，手中又掌握着一块传国玉玺，便自立为皇帝，建号“仲氏”，立下文武百官，修建宫室殿宇，出入都乘坐龙凤辇。接着，又发动二十多万大军，分为七路，向徐州进兵，还扬言要攻打许都。大军每天行军五十里，一路抢劫过来。

曹操听说后，十分震怒。袁术称帝，是对东汉朝廷的反叛，也是对他霸业的威胁。他决定暂时放下张绣，去东征袁术。他派人送出书信，拜孙策做会稽太守，联合孙策、刘备、吕布的力量，作为救援；亲率大军十七万，带一千多车粮食，出发征讨袁术。到了豫州，和刘备兵力会合，一同来到徐州，吕布出城迎接。曹操封吕布为左将军，命吕布领兵在左，刘备领兵在右，自己统领大部人马在中间，令夏侯惇、于禁做先锋。

袁术得到消息，便命大将桥蕤带领五万兵马做先锋，在寿春界口与夏侯惇相遇。交战不到三个回合，桥蕤便被夏侯惇一枪刺死。袁术军队大败，奔回城中。忽然探子来报说，孙策乘船从水路进攻江边西面，吕布攻东面，刘、关、张攻南面，曹操领兵十七万攻北面。袁术十分吃惊，急忙召集文武百官商议。一位武将说：“寿春水旱连年，粮食缺乏，现要动兵争战，百姓怨声载道，我们很难抗敌。还不如留一部分兵马坚守城池，死不出战，拖垮敌军；陛下领大部分兵马渡过淮河，回避一下敌军的锋芒。”袁术觉得十分有理，便分出十万人马，留下四位部将，坚守寿春；其余人马和金银珠宝全都带过淮河去了。

曹操有十七万士兵，每天要消耗很多粮食，附近的郡县又遭旱灾，没办法接济粮食。曹操不断催促袁术一方作战，袁术部将只是不加理睬，关紧城门，毫无反应。两军对抗了一个多月，粮食渐渐就完了，曹操没办法，只好写信向孙策借了十万担粮米。可还是不能应付日常开支。一天，粮官王垕进帐启禀曹操说：“兵多粮少，该怎么办呢？”曹操沉思了一会儿，说：“可以用小斛分粮，暂时救救急。”王垕提醒说：“这么做，士兵们会怨责的，那时怎么办？”曹操微微一笑，回答说：“你先这么办吧。我自有好计！”

王垕遵命去了。曹操暗中派人去各营寨探听情况，士兵们没有不抱怨指责的，都纷纷说是丞相欺人太甚。曹操于是悄悄地派人把王垕找来，对他说：“现在军心动摇，眼看就要哗变；我想向你借一样东西，来压服众人的心，希望你千万别吝惜啊！”王垕惴惴不安地问道：“不知丞相想借什么东西？”曹操笑了一下，“想借你的人头来示众！”王垕大吃一惊，急忙为自己分辩道：“我没有任何罪过，为什么要杀我？”曹操望着他，说：“我也知道你没有过失，但是不杀你，军心更加不稳了！你死后，你的妻子儿女，我会抚养安定他们的，你不必担心。”王垕还想再说些什么，曹操却叫道：“刀门手在哪里？”说完，刀斧手早已冲了进来，将王垕推出帐外一刀砍死。曹操命人将头高高地挂在竹竿上，又贴出告示说：“王垕有意用小斛分粮，盗取官粮，今按军法处斩。”这么一来，士兵们的愤怒怨责便慢慢缓解了。

第二天，曹操向各营寨将领传下军令：“如果三天内没

有攻破城池，都以军法处斩。”他亲自来到城下，督促将士们搬土运石，填平沟堑。城楼上箭如密雨，石块不断掷过来，曹操毫不畏避；有两员副将害怕飞箭、飞石，退身回避，想躲开它们，曹操见了十分生气，抽出剑来斩杀了这两个胆小鬼，然后亲自下马，来到沟边接土填坑。周围的将士们见了，深感震动，都纷纷拼力向前，一时军威大振。这样一来，城上的军士抵抗不住了，城下的将士们争先恐后，抢登城楼，冲开城门，大队人马拥进城去。袁术的四个部将都被活捉了，曹操命人将他们斩首示众。接着，他又命部下将那些伪造的皇室帝宫和其他一切冒犯帝尊的东西，全部烧掉，将袁术搜刮来的金银珠宝全部没收。

曹操于是与众谋士商议，是否进兵淮南，追赶袁术。荀彧进言道：“现是荒年，粮食紧缺，如果再进兵，军民都会受到劳损；不如暂时回都，等明年春天麦熟时，再考虑发兵。”也有人表示不同意见。曹操正在踌躇不决时，许都方向送来了告急信，说张绣与刘表联合攻许都，曹洪已输了好几战了。曹操立即送信给孙策，要他过长江布阵，用疑兵牵制刘表，使刘表不敢轻举妄动；要刘备仍驻扎小沛，与吕布结为兄弟，互不侵犯；要吕布领兵回到徐州；自己领军回朝。临行前曹操悄悄地对刘备说：“我让你驻扎小沛，是‘掘坑待虎’之计啊！”

建安三年（公元198年）四月，曹操留下荀彧在许都调兵遣将，主理朝政；自己统率三军南征张绣。出征途中，见大路两边麦田里金浪滚滚，正是麦子成熟的季节，但却看不到老百姓的身影。原来，老百姓老远望见军队到来，十分害怕，都逃避到远处去了，不敢割麦。曹操知情后，立即命人去远远近近的村庄，挨家挨户地通知父老乡亲，以及那些守境的官吏们，说：“我们奉天子的诏令，出征讨伐叛贼，为民除害。现正赶上麦熟季节，大小将士过麦田时，如有践踏麦田、损坏庄稼的，处以斩首。军法严明，百姓们不要惊恐怀疑。”四处百姓听说后，无不欢喜，纷纷说好，都回到麦地里继续割麦；当军队经过时，他们还在路边跪拜感谢。官兵们必须穿过麦田时，也都下马行走，用手把那些沉甸甸弯下腰来的小麦扶起来，一个传一个，慢慢通过，没有人敢践踏小麦。

曹操看在眼里，喜在心头。他骑着马，正边想边行时，忽然从路旁麦田里惊飞起一只斑鸠，“呼”地从马眼前飞过去了，那马受了惊吓，“腾”地窜进麦田，跑了一截，曹操迅速拉住缰绳，勒住了马。回头看时，已经践踏了一大块麦子。曹操翻身下马，立即叫行军主簿前来，要他拟议自己的罪过。主簿说：“丞相怎能议罪？”曹操厉声说道：“我自己制定的军法，自己违犯了，如不定罪，怎能服众？”说罢，便抽出腰间剑来，横在脖子上，准备自杀。众将士一拥而上，抢下剑来。这时，郭嘉上前说：“《春秋》一书中说：刑法不施加在尊长身上。丞相是三军统帅，怎能自杀？”曹操沉吟半晌，才说：“既然《春秋》有‘刑法不施加在尊长身上’的要义，我姑且免了死罪。”一边说，一边用剑割断自己的头发，一把扔在地上，说：“割发权当杀头！”随即派人传报三军说：“丞相践踏麦田，本该斩首示众，现在割发代替。”

在古代，割发又叫做“髡”，是一种比砍头轻一级，却比鞭笞重一级的严厉刑罚。曹操是主帅，却能给自己施重刑，给将士们树立了严守法令的榜样。因此，当传报在三军将士中传遍后，立即引起了很大的震动，官兵们再也没有谁敢不遵守军法号令了。

张绣得知曹操引兵前来，一边送信给刘表，要他做后

应；一边严阵以待，准备决战。曹操骑马在城外转了三天，察看地形，见护城河很宽，水势又深，便命士兵在西门角上堆积柴草，做出要在那里登城的样子，实际上是用“声东击西”法，要从已破旧毁败的东南角攻进去。谁知，这计策却被贾诩识破，在西北角只安排了一些扮成士兵的老百姓守着，把所有精壮将士全调到东南角，埋伏在民房里；等半夜曹操率兵攻进城时，伏兵一起冲出，把曹兵杀退了几十里地。曹操点兵，已损伤了五万多人，车辆粮食损失无数。

这时，袁绍派人送信来，要与曹操共同讨伐公孙瓒。曹操决定暂时班师回朝。

翦灭吕布

曹操回到许都，与荀彧、郭嘉商议对策。曹操说："我听说袁绍一直想来打许都；我很想征讨他，但又怕力量不够，该怎么办？"郭嘉为他分析了袁绍的十项弱点，又肯定了曹操的十项长处，说："明公要打败袁绍，并不困难！"荀彧也说："奉孝（郭嘉的字）的看法和我一样，袁绍虽然兵多势众，却不值得害怕啊！"曹操笑道："还是你们深知我心哪！"郭嘉又说："徐州吕布是心腹大患，明公可趁袁绍北征公孙瓒之机，攻破吕布，扫除东南，然后再来对付袁绍，这是上计；我们如果现在去攻袁绍，吕布就会乘机来进犯许都，为害不浅啊！"曹操当下决定先讨伐吕布。

建安三年（公元198年）十一月，曹操率十万大军向徐州进发，攻打吕布。当他们逼近萧关时，吕布采纳了陈登的建议，将徐州城中的粮草和妻小都送到下邳城，以作退路；留沛县相陈珪留守徐州；自己和陈登领军去萧关救应。

吕布哪会想到，陈珪、陈登父子俩早已和曹操取得联系，专等机会里应外合，铲除吕布。所以，陈登便先吕布一步到萧关，催促守关的陈宫积极出战；又飞马跑回来迎着吕布，说守关将士想要献关，已与陈宫约好，要吕布黄昏时前去救应；然后又驰马跑到萧关，假说是吕布令陈宫放弃萧关，领兵去救援徐州。等陈宫一出关，陈登便在城上放起火来。黑夜里，陈宫与吕布自相残杀，直到天亮才发现自己人互相厮杀。曹操见到火起，又四面包抄过来。吕布只好奔回徐州，却见城上插满了“曹”字旗号。这时曹操领大队兵马来到，双方打了起来；张飞、关羽也各自带一支人马来到。吕布无心恋战，杀开一条血路，直奔下邳城而去。

曹操与刘备同入徐州城中，刘备与关、张兄弟相见，悲喜交集。陈登父子也来拜见，曹操嘉奖两人大功，加封陈珪十个县的俸禄，又封陈登为伏波将军。其余将士都按功行赏，大宴三天。然后议定进攻下邳之事，命刘备领军守住淮南方向的大路，以防袁术来救援吕布；曹操自己领兵进攻下邳。

再说吕布在下邳城中，自认为粮食丰足，有泗水作为天险，安安稳稳地坐守城中，可以高枕无忧。陈宫却与他想法不同，积极建议道：“现在曹兵刚到，我们应当趁他们营寨没有安扎好时出战，以逸击劳，肯定能胜利。”可吕布却听不进忠言，自以为是地说：“我方屡屡失败，不能轻举妄动；等他们来攻城时再出击，敌人会全部落到水里去的。”

过了几天，曹兵下寨完毕。这时，陈宫又建议道：“曹操从远道来，气势不能持久。将军可领一支兵马屯扎在城外，我和其余将士闭门守在城内。曹操如果向您进攻，我便领兵从背后攻杀他们；他们如果来攻城，将军便作救应，不过十天，曹操粮食吃完了，我们可以一下子打败他们。”吕布听了，连连称是，准备依计而行，没想到妻子严氏因为害怕，哭哭啼啼，极力阻拦；吕布只好出来对陈宫说：“我已想过了，出城不如守城。”陈宫又献计说：“我听说曹操粮食不够了，已派兵去许都搬运，很快就要运到；将军可带精兵出城，截住粮队，断他们的粮食，叫他们不战自乱。”吕布认为说得十分有理，又要准备出城。谁知又遭到妻妾们的极力反对。没奈何，他只好出来对陈宫说：“曹操运粮，是假的！曹操诡计多端，我不敢动。”陈宫出了门，仰天长叹道：“我们没有希望了！大家都死无葬身之地了啊！”于是吕布整天待在府中，和妻妾们饮酒解闷。

再说曹操攻城，已两月有余，总不能取胜。曹操对众将士说：“局势如此，我打算放弃攻城回许都去，大家以为如何？”郭嘉说：“我有一条计策，下邳城马上可破，胜过有二十万大军。”荀彧问道：“是不是决沂河、泗河的水啊？”郭嘉笑着说：“正是这个意思。”曹操听了，十分高兴，立即命令军士们决两条河的水。曹兵全都搬到山陵、高地上驻扎，居高临下，看着水淹下邳城。只见那河水如春潮骤涨一样，“哗啦啦”全涌向下邳城，全城只剩东门没有进水，西、南、北门全部淹在水中。士兵们慌忙报知吕布，吕布大笑着说：“我有赤兔马，渡水像平地一样，有什么可怕的！”说罢，照旧和妻妾们痛饮美酒。

吕布有两个部将，曾因为饮酒受到吕布的五十大棒责罚，怀恨在心，便私下约定，要盗取赤兔马，投奔曹操。到了晚上，一个人去马厩偷了马，飞奔出东门，献到曹操营中；另一个人便去城楼插上白旗，里应外合。曹操望见信号，便命将士攻城。吕布大吃一惊，又不见了马，只好上城楼亲自指挥作战。一直打到第二天中午，曹兵暂时退下，吕布过分疲乏，靠在门楼边睡着了。那个受罚的部将趁机上前，和同伙一起将吕布紧紧地捆了起来。吕布惊醒，已无法挣扎。只见白旗一招，城门大开，曹操军队一拥而入，陈宫、张辽、高顺来不及逃脱，全被抓住。

曹操进了城，传下命令，退去城中河水，张贴告示安抚百姓。然后坐在白门楼上，命人把几个俘虏带上来。吕布先到，叫道：“捆得太紧了，把我放松一点！”曹操笑道：“捆虎不能不紧啊！”吕布看见那几个叛将站在一边，便恨

恨地指责道：“我待你们不薄，你们怎么忍心背叛我！”其中一个人回答道：“你只听妻妾的话，不听将士们的意见，怎能说是不薄？”吕布听了，沉默半天，无话可答。

一会儿，高顺被带了过来。曹操问他还有什么话说，高顺像没听见一样。曹操大怒，命带下去斩首。

这时，徐晃押着陈宫上来了。曹操望着陈宫，说：“公台（陈宫的字）别来无恙啊！”陈宫回答道：“你心术不正，所以我离开了你！”曹操指责他说：“你说我心术不正，那么你为什么偏偏要跟随吕布呢？”陈宫恨恨地说：“吕布虽然无谋，却不像你狡诈奸险。”曹操不以为然地笑笑，问他：“先生自认为足智多谋，如今却弄到这地步，又为什么？”陈宫回过头来，看着吕布说：“恨这小子不听我的忠言！如果依从我的计策，未必被你捉住！”曹操又追问：“今天的事该怎么办？”陈宫大声说：“今天唯有死罢了。”说罢，直往楼下走去，左右士兵拉不住他。曹操站起身，流下泪来，跟在后面送了几步。陈宫并不回头看他。曹操对边上的人说：“立即送公台的老母、妻子、儿女回许都奉养，如有怠慢，定斩。”陈宫听到这些话后，也不开口，主动伸出头去，刀斧手便砍了下来。众将士见到这个情形，都流下了眼泪。曹操叫人用棺材装好尸体，送回许都安葬。

曹操回到楼上，吕布叫道：“明公所担心的，只是我吕布，如今我已经臣服于你了！明公做大将，我做你的副手，辅助你打天下，天下不难平定啊！”曹操是个爱惜良将的人，听了有些动心，回头问坐在一边的刘备：“怎么样？”刘备淡淡地说：“先生没见丁建阳、董卓是如何死的吗？”刘备指的是吕布先为了董卓送的赤兔马而杀义父丁原，后又为美女貂蝉杀了义父董卓两件事。吕布听了，瞪着刘备骂道：“这小子最不守信用！”曹操命人把吕布拉下去缢死。

接着，武士带张辽上来了。曹操指着张辽说："这人好面熟哇！"张辽大声说："濮阳城中曾经和你相遇，怎么忘了？"曹操笑道："原来你也还记得！"张辽道："只是可惜！"曹操笑问："可惜什么？"张辽厉声说："可惜当时火不大，没把你烧死！"曹操大怒说："败将还敢侮辱我！"一边拔出剑来，冲上前要亲自杀张辽。张辽毫不畏惧。这时刘备抓住了曹操的胳膊，极力阻拦，关羽也跪下求情，曹操于是扔下剑，请张辽坐下。张辽为曹操的诚意所感动，降了曹操，被封为中郎将、关内侯。

青梅煮酒

曹操班师回朝，封赏有功的将士，留刘备在相府附近的一座宅院中安顿休息。

第二天，献帝上朝，曹操表奏刘备军功，引刘备入朝拜见献帝。献帝问他祖上是什么人，刘备回答道：“臣是中山靖王的后代，孝景皇帝的玄孙，刘雄的孙子，刘弘的儿子。”献帝听说，立即命人取来皇家宗谱查看，刘备果然是皇室子孙，而且排起辈分来，刘备还是皇上的叔父。于是，献帝认刘备为皇叔，拜他为左将军、宜城亭侯。从此，人们都称刘备为“刘皇叔”。

曹操回到相府，荀彧和一班谋士来见他，说：“天子认刘备为叔，恐怕对明公不利啊！”曹操胸有成竹地回答道：“他既然被认作皇叔，那么我以天子的诏命来控制他，他更加不敢不服从了！更何况我把他留在许都，表面上看他和皇上很接近，实际上还在我的掌握之中，我有什么害怕的呢？”

谋士程昱向曹操进言道：“如今明公威名一天比一天深入人心，何不乘这一时机行霸业大事呢？”曹操沉思片刻，答道：“朝廷中得力的大臣还很多，我们不能轻举妄动。我准备请天子出去打猎，借机观察一下朝臣们的动静。”

于是，曹操挑选了骏马、名鹰、良犬，将弓箭准备齐全，选精兵屯集在城外；然后上朝，请天子外出打猎。献帝不知曹操的真实意图，犹豫了一下，说：“打猎恐怕不是正道。”曹操禀道：“古代的帝王，一年四季都要去郊外打猎习武，向天下百姓表示武道兴旺。当今四海之内很不安宁，战火不断，天子正应当借打猎来习武才是啊。”献帝听了，不敢不从，随即上了逍遥马，带上宝雕弓和金纰箭，摆着銮驾出城。刘备带着关羽、张飞，各自弯弓插箭，内穿护心甲，手拿兵器，领着十来个骑兵跟随在献帝后面。

曹操骑着一匹爪黄飞电马，领十万士兵，和天子来到许田围猎。士兵们排开围猎的田场，方圆有二百多里地。曹操和献帝骑马并行，两人前后，只相差一个马头。身后跟随的，全是曹操的心腹将士。文武百官都远远地跟在后面，没人敢上前。

献帝放开马奔跑，忽然看见刘备侍立在路边，献帝便说：“朕今天要观赏皇叔射猎。”刘备领旨上马，见前面草丛中跑过一只兔子，刘备一箭射去，正好射中。献帝大声喝彩。转过一个土坡，忽然又见前面荆棘丛中跑出一只大鹿来。献帝接连射了三箭都没射中，便回头对曹操说：“爱卿，你来射。曹操顺便从献帝手中接过宝雕弓、金铍箭，拉开弓，上满弦，一箭射去，那大鹿应声倒地。离鹿不远的朝臣和将士们，看见鹿身上的金铍箭，还以为是皇上射中的，纷纷向献帝高呼“万岁”。

一个小校取了那支箭，双手捧着送上前来。曹操纵马跑上前，拦在献帝前头迎住小校，从小校手里接过金铍箭。朝臣和将士们见了，一个个大惊失色，不知所措。刘备这时向曹操祝贺说：“丞相真是神箭射手，世上罕有啊！”曹操得意地笑道：“这是天子的洪福啊。”于是拨转马头向天子祝贺，顺手将宝雕弓悬戴在身上。打猎结束后，君臣在许田大宴一番，然后回朝。

刘备为防曹操谋害，每天只在住处后园子里种菜、浇水。一天，关羽、张飞出去了，刘备正在浇菜，许褚和张辽带了十来个士兵来到后园里，说是丞相有请。刘备只好随他们进了相府。曹操一见便笑道：“你在家做得好大事！”一句话，吓得刘备面如土色，以为曹操发现了自己的秘密。曹操拉住刘备的手，一边往后花园走，一边说：“玄德（刘备的字）学种菜不容易啊！”刘备这才稍稍宽心，说：“消遣

消遣。”曹操又解释道：“我刚才看见枝头梅子青青，忽然想起去年征讨张绣时的一件事来：那次走在路上，没有水喝，将士们十分口渴，士气不振；我心中一急，想了一计，举鞭往远处一指，说前面有片梅林，结果将士们听了这话，一个个口中生出唾液来，再也不渴了。今天见到这青梅，不能不赏啊。又赶上煮酒正好浓熟，所以邀使君来园中小聚片刻。”刘备见如此说，心神才定。于是跟着曹操来到小亭，见亭中已摆了酒果：一壶煮酒，一盘青梅。两人对坐，开怀畅饮，谈笑风生。

两人都喝得有些醉意时，天空忽然阴云密布，眼看一场暴雨就要来临。一个侍从指着天边，请他们看“龙柱”。曹操便与刘备站起来，倚着栏杆观赏天空变化万端的云龙气象。

曹操便问：“使君知不知道龙的变化啊？”刘备说：“我不知道它的详情。”曹操笑着说：“龙能大能小，能现能隐。大时它兴云吐雾，小时它隐身藏形；升时它飞腾在宇宙间，隐时它潜伏在波涛里。现在是春深时节，龙随时变化，就好像人志满意得、纵横四海。所以，龙就好比是世间的英雄。你试着说说看。”刘备说：“我怎能识得英雄？”曹操微微一笑说：“不要过于谦虚嘛。”刘备诚惶诚恐地答道：“因为你的恩惠，我才在朝中做官；天下英雄，我确实不知道啊。”

曹操拉着刘备回到桌边坐下，斟了一杯酒，继续问道：“既然没见过英雄的面，那你想必也听说过他们的名字？”刘备答道：“淮南袁术，兵多粮广，可算英雄？”曹操笑了，不屑一顾地说：“那是一具坟墓里的枯骨，我早晚会捉住他的！”刘备说：“河北袁绍，四世三公，出身于名门望族，门生遍及天下，社会关系广泛。现在雄踞冀州，手下能人又多，可以算是英雄吧？”曹操笑笑，不以为然：“袁绍喜欢虚张声势，没什么胆识；虽好谋略，但遇事不能当机立断；有干大事的雄心，却过分爱惜性命，不能舍身忘死去追求，见小利就忘了大义，这种人不能算是英雄！”刘备又小心翼翼地问：“荆州刘表，威震九州，可否算是英雄？”曹操轻松地笑道：“刘表徒有虚名，却缺乏实力，不是英雄。”“江东孙策，血气方刚，独霸一方，是英雄吧？”“孙策借助父亲的功名称霸，也不是英雄！”“那么，益州刘璋，是个英雄？”“刘璋虽说是皇家宗室，却坐守祖业，不过是条看家的狗，更不能算是英雄了！”“那，张绣、张鲁、韩遂这些人怎么样？”曹操听了，拍手大笑，说：“这些都不过是庸碌之徒，何足挂齿啊！”

刘备将那些各有势力、各据地盘的军阀们一一地列举了出来，却被曹操全部否定掉了。他故意装作不知，试探着说：“除了这些之外，我实在不知道还有谁是英雄了。”曹操站起身来，来回走了两步，声音洪亮地说道：“所谓英雄，应该是胸怀大志、腹有良谋、有包藏宇宙的智慧、吞吐天地的理想的人啊！”刘备问道：“谁能称得上这样的人呢？”曹操一个转身，用手指指刘备，又指指自己，说：“当今天下的英雄，只有你和我而已！”

刘备听了这话，吃了一惊，手中拿的筷子不觉掉到了地上。没想到曹操真能看透自己！他立即觉得有点失态，正好天上响起一声惊雷，便从容地拾起筷子，掩饰道：“雷声震天，威力如此。”曹操笑着说：“大丈夫也怕雷吗？”刘备不慌不忙地说：“圣人闻雷惊心，何况是我呢？”就这样，把闻言掉筷一事轻轻地掩饰过去了。曹操也就没再多疑。

大雨刚停，外面闯进两个人来，手握宝剑，一直冲到亭边，左右侍从没法拦住。曹操见是关羽和张飞，便问他们来

干什么。关羽说：“听说丞相和兄长饮酒，我们特地来舞剑助兴。”曹操豪爽地一笑说：“这又不是鸿门宴，哪要项庄、项伯呢？”刘备也笑了。曹操命侍从说：“拿酒来，替两位樊哙压惊。”关张二人拜谢。

第二天，听说袁术要联合袁绍的消息，刘备便征得曹操同意，领了五万人马，往徐州拦截袁术去了。到此，刘备才算逃脱了曹操的虎口。

计除祢衡

建安四年（公元199年）六月，刘备击败袁术，袁术在走投无路、又病又气的绝境中，吐血而死。刘备便将五万朝廷军马留下驻守徐州，把随军而来的两个副将打发回许都。曹操震怒之下，准备讨伐刘备。

刘备接受了陈登的建议，请曾在桓帝朝做尚书的名流郑玄写信给袁绍，请求援助。袁绍一面调遣三万兵马，向黎阳（今河南浚县东北）进发，和刘备相约共讨曹操；一面命书记陈琳起草讨曹檄文，并将檄文传遍各个州郡，悬挂在每个城门、关口。当檄文传到许都时，曹操正患头风，病得很厉害，躺在床上休息。侍从把檄文递给他。曹操一遍看过，立刻感到毛骨悚然，出了一身冷汗，不知不觉间，头竟然不疼了。他从床上一跃而起，回头对曹洪说："这檄文是谁作的？"曹洪说："听说是陈琳的文笔。"曹操不但没有生气，反而笑道："大手笔，好文采！打仗必须武谋战略相济助。陈琳文笔虽好，可是袁绍武略不足，真是遗憾哪！"说罢，便召集谋士商议迎敌之策。

对策议定，曹操便命刘岱、王忠两名副将领兵五万去徐州攻打刘备，自己领二十万大军进据黎阳，阻挡袁绍。两军相隔八十里，各据深沟高垒，相持不战，从八月一直守到十月。原来袁绍部将间不和，不想进兵。于是曹操留曹仁、于禁等人驻守官渡（今河南中牟县东北），自己领大军回许都。

刘岱、王忠战败回许都后，曹操准备亲自出兵讨伐刘备。孔融进言道："现正当隆冬严寒季节，不可动兵，到来年春天再战不晚。不如派人先招降张绣、刘表，然后再攻徐州。"曹操深以为然，便派刘晔说降张绣。刘晔到襄城先见贾诩，陈说利害；贾诩又带他去见张绣。经贾诩剖析利害后，张绣决定赴许都投降。见到曹操，张绣拜于阶前，曹操连忙伸手扶起，道歉说："我有些小过失，还望将军不要记恨在心！"于是封他为扬武将军，封贾诩为执金吾使。

曹操便让张绣写信劝降刘表。贾诩进言说："刘表喜欢结交名士，如今必须派一个有文采的名士去说降，他才会来。"荀攸便推荐孔融，孔融却举荐好友祢衡。曹操便派人召祢衡来见。施完礼，曹操没有请祢衡入座。祢衡于是对天长叹道："天地是这样辽阔，怎么就没有一个人才呢？"曹操冷冷地说："我手下有十几个人，都是当代英雄，怎能说没有人才？"祢衡说："我倒想听听都有谁。"曹操朗声道："荀彧、荀攸、郭嘉、程昱，智谋卓越，就是萧何、陈平再世也比不上；张辽、许褚、李典、乐进，勇猛过人，远远超过岑彭、马武；吕虔、满宠为从事，于禁、徐晃为先锋；夏侯惇天下奇才，曹子孝世间猛将。怎能说没人才？！"

祢衡听完，似笑非笑，目空一切的样子，傲然说道："曹公说错了。这些人我早就了解：荀彧可以去吊丧问疾，荀攸可以去看坟守墓；程昱可以去看看大门，郭嘉可以念念诗赋；张辽可以擂鼓，许褚可以放牛；于禁可以去砌砖修墙，徐晃可以去杀猪宰狗；吕虔磨刀剑，满宠吃酒糟；乐进读读状纸，李典送送书信……都不过是些酒囊饭袋而已！"曹操听祢衡把他一向喜爱器重的谋士武将贬得一钱不值，心中十分恼火，生气地问道："你又有什么才能呢？"祢衡十分自负地回答说：“天文地理，无一不通；三教九流，无所不晓；上可辅佐炎黄尧舜，下可以和孔子颜渊比美德。怎能和这帮凡夫俗子相提并论呢！”

当时只有张辽在旁边，见祢衡这样狂妄无礼，“唰”地抽出剑来要杀他。曹操连忙阻止，“我正好缺少一名鼓吏，早朝晚宴没人击鼓奏乐，祢衡可以充任这一职务。”祢衡并不推辞，答应一声便离开了。张辽愤愤地说：“这小子出言不逊，为何不杀了他？”曹操道：“这个人一向名声在外，远近都知。今天要是杀了他，天下人肯定会认为我不能容人，心胸狭窄。他自以为才能超群，我就故意让他做鼓吏，以羞辱他。”

第二天，曹操大宴宾客，命鼓吏击鼓助兴。乐官说：“击鼓一定要换新衣服。”可是祢衡却穿着旧衣服上厅。《渔阳三挝》是鼓乐中的精品，难度很大，要奏好很不容易；深通音律的曹操有意掂掂祢衡的分量，要他击鼓奏《渔阳三挝》；而祢衡也就从容不迫地击起鼓来。那鼓声时而激昂，时而舒缓，音韵非常美妙，深沉铿锵，如同金石乐器发出的声音。四下宾客听了，没有不慷慨泪流、唏嘘感叹的。这时，曹操的侍从喝道：“你为什么不去更衣？”祢衡当着众人的面将衣服全部脱光，裸体站在众人的面前。宾客们全都用衣袖遮住面孔，不敢看他。祢衡慢慢地穿上裤子，神色不变。

曹操厉声斥责道：“庙堂之上，怎能这样无礼！”祢衡昂然答道：“欺君罔上才是无礼。我暴露自己清白的身体，怎叫无礼！”曹操说：“你是清白的，谁是污浊的？”祢衡面不改色，朗声说：“你不辨贤愚，是眼浊；不读诗书，是口浊；不接受忠言，是耳浊；不了解古今，是身浊；不容纳诸侯，是腹浊；怀有篡位之心，是心浊！我是天下名士，你却让我当鼓吏；你想成就霸业，却为何这样轻视人才！”

当时孔融在宾客席上，担心曹操会杀祢衡，便离席进言道："祢衡是草野之人，生性狂放，不懂礼数，明公不值得和他计较。"曹操沉思片刻，指着祢衡说："我命令你做使者去荆州；如果你能说动刘表来降，我便让你做公卿。"祢衡不肯去。曹操令人备三匹马，另派两个人挟持祢衡出行；同时叫文臣武将，在东门外摆酒饯行。

祢衡到了东门外，下马与众人相见，众人都端坐在座位上，没有一个人起身施礼。祢衡于是放声大哭。荀彧问他："为什么哭？"祢衡答道："身在死棺中，怎能不哭？"众人都说："我们都是死尸，你是无头狂鬼啊！"祢衡道："我是汉朝臣民，不做曹党，怎么会无头？"一言触怒众人，大家一起站起来，要抽刀杀他。荀彧急忙制止说："量他不过是鼠雀之辈，不值得弄脏了刀。"祢衡针锋相对，回道："我是鼠雀，还有点人性；你们都不过是小爬虫！"众人恨恨地离去。

祢衡来到荆州，拜见刘表，表达来意。言词之间，表面上是称功颂德，实际却暗含讽刺。刘表很不高兴。让他去江夏见黄祖。有人问刘表："祢衡对主公很不恭敬，为什么不杀他？"刘表笑笑说："祢衡多次侮辱曹操，曹操都不杀他，原因在于怕失去人心；所以让他出使到我这里，想要借我的手杀他，让我顶上害贤的恶名。现在我派他去见黄祖，也好叫曹操知道我有见识。"

这时袁绍也派使者来到。刘表便向谋士征求意见。从事中郎将韩嵩极力劝刘表依附曹操。刘表便要他去许都观察动静，回来再作决定。韩嵩说："我跟随将军，赴汤蹈火，在所不辞。将军若能顺从曹公，派我出使是可以的；可是将军若迟疑不定，我到京都，天子赐我做官，那么我就是天子的臣民，不再为将军效命了。"刘表说："你先去看看再说。

我自有主张。”

韩嵩到许都见了曹操，被封为侍中、零陵太守。荀彧很不理解，问道：“韩嵩没有寸功，却给他这么重要的职务；祢衡没有消息，丞相也不打听，这是为什么？”曹操胸有成竹地说：“祢衡此去，是我借刘表之手杀他，何必再问呢？”并不提及韩嵩。

韩嵩回到荆州，称颂朝廷的恩德，劝刘表降曹。刘表大怒，说：“你竟敢怀有二心！”说罢要杀韩嵩。谋士蒯良劝阻说：“韩嵩有言在先，将军不能食言。”刘表只好放手。

祢衡到了江夏，对黄祖不恭，黄祖一怒之下，杀了祢衡。消息传来，曹操说：“这是他自食其果啊！”因不见刘表来降，便要兴师问罪。荀彧劝阻，说应该先灭袁绍，后灭刘备，才可考虑江汉。曹操接受了荀彧的建议。

恩遇云长

建安五年（公元200年），袁曹之战已箭在弦上，一触即发。曹操在许都遇上了麻烦。国丈董承等人受献帝衣带诏，联络刘备密谋诛杀曹操，被他发现了。曹操对异己分子向来是不心慈手软的，他迅速地杀掉了董承和其他四个参与密谋的人。为了解除后顾之忧，避免两面受敌，曹操决定先征讨刘备，后伐袁绍。他调遣二十万大军，分兵五路进攻徐州。

刘备得知，立即派使者去河北向袁绍求救。袁绍的谋士田丰积极建议袁绍，趁曹操东征、许都空虚这一良机出击，可一战而胜。可是袁绍竟以他最疼爱的小儿子患疥疮、无心出战为由，拒绝了田丰的建议。

曹操的兵马漫山遍野攻来，以迅雷不及掩耳之势猛扑徐州，一举攻下沛城，又进军下邳。仓促之中，张飞领数十个骑兵投往芒砀山；刘备单枪匹马投奔袁绍去了；关羽和刘备的妻小全被围困在下邳城中。曹操用程昱之计，把关羽赚出城，困在一座土山上，攻占了下邳。

曹操派张辽去见关羽，意图说他来降。张辽回报说："云长（关羽的字）希望丞相答应他三个条件，才愿降。"曹操便问是哪三条。张辽说："云长与刘皇叔发过誓言，共扶汉室，如今只降汉帝不降曹公。"曹操笑着说："我是汉丞相，汉就是我；降汉也就是降曹。这一条可以答应。"张辽又说："对两位嫂夫人，希望能将刘皇叔的俸禄给她们，其余杂人不许进内室打扰，要派专人伺候。”曹操点头同意，说：“我会比照皇叔俸禄加倍给她们的；至于内室里外严加区分，正是家法如此，这有什么可疑虑的呢？”张辽又说：“只要得知刘皇叔的消息，不管千里万里，都要立即辞行。”曹操听了，摇头说：“这一条却很难依从：我养云长有什么用呢？招降他，是想要他为我的霸业效力；刘备只要不死，他们随时都有可能联络的啊！”

张辽进言：“刘备对云长恩厚情深，云长如此也是人之常情；丞相若是对云长更好，恩更厚，情更深，有意感化他，时间一长，云长也会心服丞相的。”曹操笑了，说：“还是文远（张辽的字）想得周到啊！我可以依从这三件事，你速速去告诉他。”

张辽将曹操的态度告知关羽，关羽又去城中禀报二位嫂嫂，然后来见曹操。曹操亲自走出辕门迎接关羽。关羽下马叩拜，说：“败军之将，深感丞相不杀之恩。”曹操一边还礼，一边诚恳地说：“我一向仰慕云长忠义，今天有幸和云长相见，足以慰藉我平生的愿望。”关羽认真地说：“文远替我禀报的三件事，承蒙丞相应允，想必丞相定不食言。”曹操很爽快地回答：“我已说过的话，怎会失信？云长请放心，玄德的消息还让我慢慢打听。”关羽感谢不已。

曹操当下设宴款待关羽。回到朝廷，曹操带关羽拜见献帝，关羽被封为偏将军。曹操第二天大宴谋臣武士，请关羽上座，用贵宾礼对待他，又送他好多绫罗绸缎、金银器皿，并安排他们住一个大宅院。关羽将大院分成内外两个小院，让两位嫂嫂住里院，拨十个老兵把守内门，自己住外院；将曹操送的礼物全部送进内室，让嫂嫂收存。曹操对他十分优厚，三日一小宴，五日一大宴；又送十名美貌少女侍候关羽。关羽将她们全部送进内室，服侍二位嫂嫂。

一天，曹操看到关羽身上穿的绿锦战袍已经破旧，就估量了一下他的身材，取了一匹优质锦缎，叫人制作了一件战袍赠送给他。关羽接受了，穿在身上，外面仍然用原来的那件绿袍罩上。曹操笑问道："云长为何这么俭朴呢？"关羽认真地答道："我这么做，并不是俭朴；只因这旧袍是刘皇叔赐的，我穿在身上，就好像见到了兄长的面，不敢因为有了丞相的新赐，就忘了兄长的旧赐，所以穿在外面。"曹操赞叹不已，说："云长是真正的义士啊！"可是，口中虽然称赞，心中却着实不高兴。

又有一天，曹操宴请关羽。散宴后，送关羽出相府，见关羽骑的马很瘦，便问："云长坐骑为何这么瘦？"关羽说："我的身体比较重，马载不动，所以瘦得很。"曹操马上叫随从牵过一匹马来。一会儿，马牵来了。关羽见那匹马全身火红，像红炭一样，体魄雄伟高大，心中十分喜爱。曹操问他是否认得这马，关羽当即明白，这一定是一匹世所罕有的宝马。他想了一想，猜道："莫非是吕布所骑的那匹赤兔马？"曹操拍手笑道："对呀对呀！"于是一并送上马鞍和辔头。关羽连声道谢、下拜。

曹操有点不高兴，问他："我好几次送美女金帛给你，你没谢过拜过；现在我送你一匹马，你却高兴得拜谢不已。难道说云长忠义之人，也这样看重牲畜而轻视人吗？"关羽解释说："我不是重物轻人。我知道这马日行千里，今天我有幸得到它，日后一旦知道兄长下落，就可以马上骑着它和兄长见面了！"曹操听了,心中惊愕半天：没想到关羽还是念念不忘跟随刘备。他现在有点后悔了。

关羽走后，曹操对张辽说："我待云长不薄，但他却常有离开的念头，这是什么缘故？"张辽说："让我再去打探一下他的真实想法。"

张辽见到关羽，说：“大丈夫处于人世，如果不分轻重，不知恩仇，不是真正的大丈夫。丞相对你恩深义重，玄德待你也不过如此，你为何还是想走呢？”关羽正色地说：“我知道丞相对我恩厚，但我与刘皇叔誓共生死，我不能背叛他。我不会永远留在这里的。有朝一日立下战功报答丞相，然后就离开。”

张辽回来，如实禀报曹操。曹操赞叹不已，说：“从一而终，不忘根本，光明磊落，是真正的义士啊！”荀彧在一边提醒说：“云长说要立功才走，如果不给他立功的机会，他不就不走了吗？”曹操觉得言之有理，陷入了沉思之中。

可是事情发展到后来，却起了意想不到的变化。袁绍进兵黎阳，曹操领十五万兵马亲临白马（今河南滑县东），抵挡袁军。曹操接连派出两员大将，都被袁绍部下大将颜良斩杀在阵前；接着徐晃出战，又大败而回。程昱建议曹操用关羽抵敌。曹操担心关羽立功便走，程昱说：“刘备如果还活着，必定奔袁绍。如今让关羽破了袁绍兵，袁绍一定会怀疑刘备并且杀了他。刘备若死，云长又往哪里去呢？”于是曹操立即派人去请关羽出马，斩了袁绍两员大将颜良、文丑，曹军大获全胜。关羽被封为汉寿亭侯。

消息传到袁绍那里，刘备立即派人送信召唤关羽。关羽进入内宅告知两位嫂嫂，随后去相府拜辞曹操。曹操心里十分明白关羽的想法，于是事先就挂了回避牌在大门上。关羽只好闷闷不乐地回宅，命原先跟随来的侍从们收拾车马，将丞相所赐的物品全部堆放好。第二天再去相府，门上仍然挂着回避牌；一连去了好几次，都没见着。又去见张辽，张辽也借口生病不见。于是，关羽写了一封信，表示自己离开的决心，令人送到相府；又将曹操送的金银全封存在库中，将汉寿亭侯的大印悬挂在堂上；然后请二位夫人上车，自己上了赤兔马，往北门去了。

曹操得知，大吃一惊。谋臣武士们纷纷要求追杀关羽，认为这是放虎归山，后患无穷。曹操带十多个骑兵，亲自追上关羽。关羽说明离开的动机。曹操说：“我要取信于天下人，怎肯食言？我是担心将军路上需要钱物，特地给将军送来锦袍和黄金，略表心意。”说罢，令人送上一盘黄金，一件战袍。关羽用刀尖挑过锦袍，交给侍从，黄金则推辞不受，道谢而去。

许褚说：“这人过分无礼，为何不杀？”曹操说：“他一人一马，我们十几个人来追，他当然顾虑。我说过放他走，就不能失信于人。”回城路上，他还赞叹不已。曹操担心沿路五关六将不肯放行，便派使者传送公文到各关隘，命令不许阻拦关羽；继而又派张辽亲往各个关口传谕放行。

初战官渡

过没多久，孙策去世，他的弟弟孙权继位坐镇江东。曹操得信，准备起兵南征。侍御史张纮进言说："乘人丧期出战，不是正义举动；还不如借机善待他们。"曹操觉得有理，便奏封孙权为将军，兼领会稽太守；又令张纮做会稽都尉，送印去江东。

袁绍得知这个消息，十分愤怒，立即发动冀、青、幽、并四州兵马，共约七十多万人，又来进攻许都。曹操接到告急信后，留下荀彧守许都，自己领兵七万，前往官渡迎敌。

袁绍出发前，因谏言触怒袁绍而被关进牢狱的谋士田丰，从狱中上书谏道："现在应当静守河北，等待天时，不可随意兴兵。"另一个谋士逢纪说："主公兴仁义之师，田丰却说这种不吉利的话。"袁绍听了很恼火，准备杀田丰，被众官劝阻了。袁绍恨恨地说："等我破了曹军，再来问罪。"便催大军出发。一路旌旗遍野，刀剑如林，来到阳武，安营扎寨。谋士沮授说："我军虽然兵多，但比不上曹军勇猛；曹军虽然精锐，可是比不上我军粮草多。曹军无粮，利在急战；我军有粮，利在坚守。如果能拖延时间，曹军定会不战自败。"袁绍大怒，说："田丰涣散军心，我回去定要杀他；你又怎敢这样！"于是命人将沮授锁禁起来，等日后与田丰一道治罪。袁绍随后下令，将大军七十万分东西南北四方扎寨，绵延九十多里。

军情传到曹营，士兵们十分恐惧。曹操召集谋士们商议对策。荀攸建议道：“我军都是精兵良将，个个以一当十；但不能拖时间，应尽快出击。”曹操认为说得很对，于是传令士兵击鼓进军。

两军对阵，袁绍身穿金甲，头戴金盔，锦袍玉带，立马阵前，两边排列着大将张郃、高览、淳于琼、韩猛；旌旗烈烈，刀枪林立。曹军阵上，曹操立马于门旗下，许褚、张辽、徐晃、李典等将领，各执兵器，跟随在左右前后。曹操举鞭指着袁绍说：“我在天子面前，保奏你做大将军，你为什么谋反叛逆？”袁绍愤愤地大声说：“你托名汉相，实为汉贼！你罪恶更甚于董卓，反来诬陷别人造反吗？”曹操厉声说：“我如今奉天子诏命来讨伐你！”袁绍说：“我奉衣带诏讨伐汉贼！”

曹操被激怒了，派张辽出战；张郃出马来迎。两位将领棋逢对手，将遇良才，打了四五十个回合，难分难解，不分胜负。曹操见张郃如此英勇，心中暗暗称奇。许褚忍耐不住，纵马挥刀出阵相助，袁军中高览挺枪迎住。四员上将捉对厮杀。这时曹军中夏侯惇、曹洪各领三千人马，从两翼冲出，向袁军发起进攻。可是没想到，袁军部将审配事先已在两翼各埋伏下一万名弓箭手，见曹军来冲阵，便命放号炮，顿时万箭齐发，中军埋伏的弓箭手也冲出阵来向前乱射。曹军抵挡不住，向南边败退。袁绍指挥骑兵掩杀过来，曹兵大败，全部退回官渡。

袁绍的大军也逼近官渡下寨。审配建议说：“如今可以拨十万兵马守官渡，在曹操寨前筑起土山，命士兵在山上，居高临下，往下面寨中放箭。曹操如果放弃这里，我方得到这一关口，攻破许都就指日可待了。”袁绍认为这是一条妙计，便采纳了，选了一批精壮士兵，挖土挑土堆成山丘。曹

营士兵见袁军筑土成山，准备冲出去攻杀，却被审配的弓箭手放箭挡住咽喉要道，无法前进。十天之内，袁军筑成了五十多座土山，山上竖起高高的云梯，士兵们爬上云梯，从上往下，朝曹营里放箭。曹营士兵惊恐不安，一个个都顶着挡箭牌防守。土山上一声梆子响，箭如雨下；曹兵全都竖起挡箭牌，伏在地上。袁军见了，呐喊嘲笑之声响成一片。

曹操见士兵们惊慌忙乱，心中忧虑，忙召谋士商议计策。刘晔进言道："我们可以制作发石车破他们的云梯。"曹操便让刘晔画出发石车的式样，叫十几个工匠连夜赶造。没几天，制出好几百辆来，它们被分布在各个营寨之内，正面对着山上的云梯。等到对方弓箭手射箭时，营内士兵一齐拉动发石车，车上装满的炮石腾空飞出，直扑云梯，乱轰乱打；云梯上的袁军无处躲藏，死伤不计其数。袁军的云梯和弓箭一下子失去了效用，士兵们恐惧不已，都称这种车叫做"霹雳车"。从这以后，袁军再也不敢登云梯放箭了。

谁知审配又献一计：命士兵用铁锹暗暗挖地道，直通曹营，称作"掘子军"。曹军望见袁军在土山背后挖土坑，不知所以，急忙报告曹操。曹操又向刘晔问计。刘晔说："这是袁军无法明攻，转而暗攻，挖掘地道，想从地底下穿透我方营寨而攻进来。我们可以围绕营寨挖一条长沟，这样，他们的地道就没用了。"曹操连夜叫士兵挖壕沟。结果，袁军挖地道挖到壕沟边，被中断了，无法越过，白白地耗费许多兵力。

两方在官渡相持，明争暗斗，从八月一直到九月底，都没有多大进展。曹军渐感疲乏无力，粮草也快要跟不上了。曹操想放弃官渡退回许都，但又觉得很可惜，担心会坐失良机；因此心中矛盾，迟疑不决。于是派人去许都征求荀彧的意见。过了几天，荀彧的回信到了，建议曹操坚守官渡，牵制袁绍，扼住袁绍进军的咽喉；以我方至弱的兵力抵挡至强的袁军，若先退走，就会全盘皆输；现在已守了这么长时间，双方形势必将发生变化，如能在变化中用奇谋袭击对方，实在是不可多得的时机。

曹操看了荀彧的回信，十分高兴，传令将士坚决死守。此时袁军已后退了约有三十里。曹操派将士出营巡哨，徐晃手下一个部将巡哨时抓住了袁军细作，带来见徐晃。徐晃便审问袁军的虚实。细作回答说：“大将韩猛运粮草，快到军前了，令我们几个先来探路。”徐晃立刻将这一情况报告曹操。荀攸说：“韩猛不过是个武夫而已；如果派一将带两三千轻骑兵，去半路上拦截，断他们的粮草，他们必将不战自乱。”曹操认为很对，便派徐晃领骑兵先去，然后又派张辽、许褚带兵救应。

当天晚上，韩猛押送数千辆粮草车，浩浩荡荡，往袁绍营寨而来。正走在路上，忽听一声呐喊，山谷中徐晃领兵冲杀出来，挡住韩猛粮草车的去路。韩猛见了，飞马冲上前来，迎住徐晃斗杀；徐晃的副将便乘机杀散了押车的士兵，放火烧粮车。这边韩猛抵挡不住徐晃的勇猛，拨转马头往回逃跑。曹军于是将几千辆粮车全部点燃，火光冲天。

袁绍在营中望见西北方向一片火光，正在惊疑不定时，见逃回来的士兵报告说，粮草被劫。袁绍急忙派张郃和高览领兵去大路堵截，正好遇上徐晃烧粮回来。正要交锋时，背后张辽、许褚领军杀到。两下夹攻，袁军敌不住，四下逃散；四位将领合在一处，一同回到官渡寨中。曹操兴奋异常，对他们重加犒赏。随即又分出一部分兵力，去大寨前方安营，与大本营构成掎角之势。

再说袁绍军中，韩猛领着残兵败将，垂头丧气地回到营中；袁绍十分恼怒，下令要斩韩猛，被众将劝说免了死罪。

审配说："行军打仗，粮食为第一重要，不能不用心提防。乌巢是我军屯粮的重地，一定要派重兵防守才行。"袁绍说："这个我自然知道。我已谋划好了。你可以回邺都去监督粮草。"审配领命走了。袁绍便派大将淳于琼和四员副将，领两万人马前去驻守乌巢。那淳于琼性情刚猛，喜好饮酒，平时士兵们都很怕他；到了乌巢，他也并不在意，每天只是和部将们聚会宴饮，整日醉意蒙眬。

曹军驻扎时久，粮草也快消耗完了。曹操便派使者急往许都，通知荀彧尽快筹办粮食马草，星夜解送来官渡济急。使者出发后，还没走上三十里，便被袁绍军捉住了。

乌巢烧粮

曹操派往许都催运粮草的使者，半路上被袁军捉住，送来见谋士许攸。

许攸少年时和曹操是好朋友，此时他却在袁绍手下做谋士。当天从使者身上搜出曹操的催粮信，便直接来见袁绍，说："曹操屯军在官渡，和我方相持了这么长时间，许都必定空虚；我方如果分出一部分兵力连夜偷袭许都，许都肯定会被攻下，曹操也将束手就擒。现在曹操粮草短缺了，我们正可乘这时机，兵分两路袭击他们。"

袁绍看了看信，不以为然地说："曹操诡计多端，这封信不过是诱敌之计而已！"许攸十分着急，耐心地劝说道："现在如果不进兵，以后会反受其害的。"

正说话间，忽然有使者从邺都来，送上审配的书信。信上除了说催发粮草的事以外，又着重提到许攸和子侄们在冀州贪污受贿的事实，并说自己已将许攸子侄收押在狱中了。袁绍读过来信，十分震怒，大声斥责道："你这胡作非为的匹夫，亏你还有脸到我面前来献计！你和曹操是老朋友，想必今天是受了他的贿赂，为他作奸细来陷害我的！你快快退下，我现在暂不斩你，今后不准你再来见我！"立即将许攸赶了出去。

许攸出了营帐，仰天长叹说："忠言逆耳，这小子不能和他共谋大业！我的侄儿们已遭审配陷害，我有何脸面重回

冀州呢！”说完，抽出剑来就要自杀。左右随从夺下剑，劝他不要如此轻生，既然袁绍不纳忠言，日后必败，何不趁早弃暗投明呢？几句话提醒了许攸，他立即悄悄地出了营寨，从小路直接去曹操营中，被巡哨的军士抓住了。许攸大声说：“我是曹丞相的老朋友，快快通报，就说南阳许攸来见。”士兵们忙报知曹操。这时，曹操刚刚脱下衣服，准备休息，听说许攸私奔来到，喜不自禁，来不及穿鞋子，赤着脚跑出帐外，亲自迎接许攸。远远看见许攸，曹操拍手大笑，上前拉住许攸的手一同进营帐，先行拜礼。许攸慌忙上前扶起，说：“明公是汉丞相，我是平民百姓，您为何这样谦恭呢？”曹操笑容满面，诚恳地说：“先生是我的老朋友，我怎么敢用名位来分上下呢？！”

两人分宾主坐下，许攸便说：“我未能选择明主，屈身侍从袁绍，言不听，计不从，如今离开他来投奔老朋友，希望您能收留我。”曹操笑着说：“子远（许攸的字）肯来帮我，我大事定会成功！还望子远教我如何破袁绍！”许攸笑笑，说：“我曾经建议袁绍派轻骑部队趁你后方空虚，偷袭许都，首尾相攻。”曹操听了，大吃一惊，说：“哎呀，你好毒哇！要是袁绍听从了你的话，我真要完蛋了！”

许攸想试探一下曹操是否诚心待他，便问道：“曹公军中如今还有多少粮草？”曹操说：“还可以支用一年。”许攸冷笑一声说：“恐怕不一定吧。”曹操又说：“还有半年的粮草。”许攸一甩衣袖，站了起来，快步往帐外走，说：“我诚心来投，你却如此欺我，真令我失望！”曹操赶快起身，挽留他说：“子远莫怪，让我实话实说吧！军中只有三个月的粮草了！”许攸回转身，笑道：“世人都说曹孟德奸雄，看来果然如此！”曹操明白许攸根本不信自己的话，也笑了，说：“你没听说‘兵不厌诈’吗？”接着对着许攸的耳朵，轻声说：“军中只有这个月的粮食了！”许攸大声说：“你别瞒我！粮草已没有啦！”

曹操十分惊愕，问：“子远如何知道的？”许攸便从怀中拿出曹操给荀彧的那封催粮信给曹操看，问他：“这信是谁写的呀？”曹操吃了一惊，问他是从哪儿弄到手的；许攸便把得信的前前后后都对曹操说了，曹操这才明白。他握住许攸的手，诚恳地说：“子远既然是念朋友之情来的，还望教我计策。”

许攸于是说出了一条计策：袁绍的军粮辎重全囤积在乌巢，现在由嗜酒无度的淳于琼把守，如果选一支精兵，谎称袁绍部将蒋奇的士兵，假说去乌巢护粮，乘机烧掉所有粮草，那么袁军不出三天就会不战自破了！

曹操听了，喜不自禁，厚待许攸，留在寨中。第二天，他亲自挑选了五千精兵，准备去几十里外的乌巢烧粮。张辽顾虑重重地说：“袁绍屯粮重地，怎能不防备？只怕许攸有假，丞相不可轻举妄动啊！”曹操回答说：“我军粮食供应不上，难以持久；不用许攸之计，是坐以待毙。他要是假的，怎肯留下来？再说，我早就想这么做了。大家不要疑虑。”张辽担心袁绍乘虚来偷袭营寨，曹操便命荀攸、贾诩、曹洪和许攸一同把守大寨，夏侯渊、夏侯惇领一支人马埋伏在寨左，曹仁、李典领一支人马埋伏在寨右，以防意外。又命张辽、许褚领兵在前，徐晃、于禁领兵在后，自己领将士居中，一共五千人马，打着袁军旗号，士兵们全都背着柴草，黄昏时分，静悄悄地向乌巢进发。

这天晚上，星光满天，凉风习习。曹操领兵行进，一路上不断经过袁绍的小营寨，寨中哨兵问时，一律回答是蒋奇奉命往乌巢护粮的。于是处处放行，没有任何阻碍。大军到乌巢时，已是半夜时分。曹操命士兵点燃火把，高举着冲进

粮寨。这时，淳于琼因为和几个副将喝多了酒，正醉卧帐中，好梦沉酣；忽听到一片呐喊声，惊醒过来，跳起身问道："为何喧闹？"话音未落，已被挠钩拖翻，来不及抵抗，就被俘获了。刹那间，火焰四起，烟雾弥漫，天空都被映红了。曹操指挥骑兵四处掩杀，粮草全部被烧光。淳于琼被带上来见曹操，曹操命人割去他的耳鼻手指，捆在马上，放他回袁营，以羞辱袁绍。

袁绍在营帐中，听说正北方火光满天，知道是乌巢出事了，急忙召集众将商议救应。张郃愿出兵救应，郭图却认为曹操定会亲去劫粮，营中空虚，不如采用"围魏救赵"之计，袭击曹军营寨。于是袁绍便派张郃、高览领五千人马袭击官渡，派蒋奇领一万人马去救乌巢。

再说曹操杀散了淳于琼部卒后，将败兵的衣甲、旗帜全部夺来，让自己的将士换上，伪装成淳于琼的败军回寨。走到一条偏僻的山路上，正好遇上蒋奇军马。蒋奇问时，便回答是乌巢军，蒋奇没有怀疑，放他们过去了；谁知迎面遇上了张辽、许褚，措手不及，被张辽杀死。曹军又派人前往袁绍营寨送假信，说蒋奇已把乌巢的敌人打退。袁绍于是不再派兵马增援乌巢，只顾往官渡增兵。

这边张郃、高览攻打官渡曹营，没提防左有夏侯惇，右有曹仁，中间有曹洪，一齐冲出，三路进攻，袁军大败而回。等到袁绍派出救应的兵马到时，曹操又领兵从背后杀来，四下里包抄过来，张郃、高览杀开一条血路，逃回寨去。不料袁绍听信郭图谗言，说他们有心降曹，要对他们治罪。两人进退无路，干脆倒戈投降曹操。曹操喜爱这两人的将才，封他们为偏将军，留在军中使用。

袁绍失去许攸，又失去了张郃、高览，丢了乌巢，粮草被烧，斩了淳于琼，一时间袁军人心惶惶。曹操乘胜追击，兵分三路，夜袭袁营；又用荀攸之计，叫士兵们四处扬言，说要分兵去攻邺都和黎阳。袁绍大惊失色，便分五万兵马去救邺都，五万兵马去救黎阳。袁绍这边一行动，曹操那边便兵分八路，直冲袁营；袁军丧失斗志，四处逃散，全线崩溃。袁绍来不及披甲，穿着单衣，带着小儿子和八百多骑兵，匆匆过河逃走。文书、车仗、金帛，丢得满地都是。八万多袁军死于混战中，血流成河。曹操大获全胜。

打扫战场时，士兵们找到了一捆书信，全都是许都以及军中一些将士和袁绍暗中来往的信件。侍从建议曹操核对名字，将他们全部杀掉。曹操说："袁绍强盛时，连我都不能自保，更何况这些人呢？"命人把信件全部烧掉，不再过问这事。

大破袁绍

官渡之战后，曹操打算彻底解决袁绍，收定河北，建立起巩固的北方根据地。

建安六年（公元201年）四月，曹操和袁绍在仓亭（今山东阳谷境内）、冀州展开了激烈的争战。袁绍的长子袁谭领五万兵马从青州来，次子袁熙领六万兵马从幽州来，外甥高干也领五万兵马从并州来，全到冀州会合助战。袁绍集聚四州的兵力，大约二三十万人马，和曹操对阵。曹操大声说："本初计穷力尽，还不赶快投降？否则后悔莫及啊！"袁绍恼了，令部将出战。他的小儿子袁尚想在父亲面前逞能，飞马冲出阵来，这边徐晃的副将出马，大杀一场，不分胜败。

曹操又召谋士商议破敌之计。程昱献上"十面埋伏"之计，建议曹操退到河边，埋伏下十路人马，诱使袁绍来追，"我军没有退路，肯定会拼死作战，胜利无疑。"曹操采纳了这一计策，左右各分五队。左边是夏侯惇、张辽、李典、乐进、夏侯渊，右边是曹洪、张郃、徐晃、于禁、高览；中间一路安排许褚为先锋。

第二天，十队人马先出发，分左右两边埋伏下来。到了半夜，曹操命许褚领兵前进，故意装出劫寨的样子。袁绍五寨兵马全部出动，一齐冲向前来，许褚假装抵挡不住，挥军往回撤退。袁军紧追不放，天亮时，直追到河边，曹军没有了退路。曹操大声喊道："前面没有去路，各位将士何不死战？！”众军回转身拼命冲杀，许褚一马当先冲进敌阵，一口气杀倒十几个将领。顿时，袁军乱了阵脚，袁绍忙命撤退，曹军紧追不舍。

袁军正往回奔逃，只听一声鼓响，路左冲出夏侯渊，路右冲出高览，两支人马冲进败退的袁军中乱砍乱杀。袁绍急忙把三个儿子、一个外甥召集到一起，拼命杀出一条血路，往回飞奔。走不到十里，左边乐进、右边于禁领兵杀出，直杀得袁军尸横遍野，血流成河。再往前奔不到几里，左边李典、右边徐晃又领兵截杀。袁绍父子五人心惊胆战，奔进旧寨，一边歇息，一边命士兵做饭。没等饭吃到口，左边张辽、右边张郃领两路人马直冲营寨而来。袁绍慌忙跳上马，往前奔到仓亭。人马都疲倦不堪，刚下马歇息，后面曹操领大军赶杀过来，袁绍上马逃奔而去；没走多远，右边曹洪、左边夏侯惇领兵冲杀出来，挡住去路。袁绍大声叫道：“要是不拼命杀出去，我们都得完蛋！”东奔西冲，好不容易才杀出重围。仔细看时，袁熙和高干都受了箭伤，士兵死伤将尽。袁绍把三个儿子揽在怀里，痛哭一场，不知不觉昏倒在地。将士们急忙抢救，半天，袁绍才苏醒过来，张口吐了一摊鲜血，面如纸灰、目光黯淡。他望着大家，沉痛不已，叹息说：“我经历几十场战役，想不到今天狼狈到这地步！天意绝我啊！”他决意要与曹操决一死战，命儿子和外甥各回自己州县整顿兵马，自己也回冀州调养。

曹操大获全胜，重赏三军将士。正在商议是否进攻冀州时，荀彧派人送来急信，告知曹操，刘备领兵进攻许都。曹操大惊失色，留曹洪带领一支人马屯驻河上，自己领大军到汝南迎战刘备。两军相遇，刘备大败，不得已到荆州依附刘表。曹操也领兵回到许都休整。

建安七年（公元202年）春天，曹操派夏侯惇、满宠两

将镇守汝南，阻挡刘表的随时进攻；留曹仁、荀彧守许都；自己领大军奔赴官渡屯扎。袁绍立即会聚四路兵马，准备迎战。袁尚自以为英勇无敌，没等袁谭、袁熙的兵马到达，便率数万兵出黎阳，和曹操的先头部队相遇。先锋张辽当先出马，还没打三个回合，袁尚便招架不住了，回身就逃；张辽乘势挥军杀来，袁尚败退，回到冀州。袁绍听说自己寄厚望的小儿子竟然惨败而回，又惊又痛，不禁旧病发作，口吐鲜血不止，大叫几声而死。这时正值五月。曹操有感于自己过去和袁绍有着较为密切的交往，没有立即发兵进攻袁军，等过了百日之后，才下令进军。

袁绍三个儿子中，袁谭、袁熙是他原配妻子所生。唯袁尚是续弦刘氏所生，长得形貌雄伟，最像袁绍，深得袁绍喜爱。袁绍生前就一直在立长立幼上犹豫不决，而袁谭和袁尚又各有一帮谋士为他们出谋划策，争夺嗣子地位。袁绍一死，袁氏兄弟之间便上演了一出争夺嗣位的闹剧。审配、逢纪联合刘氏，假借袁绍遗命，立袁尚为嗣子，继任大将军职位；袁谭从青州来邺城奔丧，见到这种情形，也不再回青州，听从了郭图的建议，驻扎在黎阳，自封为车骑将军。听说曹操将要北征，袁谭便要求袁尚派兵增援黎阳；袁尚却只是象征性地派逢纪领少数兵马前往。袁谭一气之下杀了逢纪，于是邺城和黎阳之间关系十分紧张。

这一年九月，曹操利用袁氏兄弟的矛盾，首先渡河进攻黎阳袁谭。这一来，袁尚担心唇亡齿寒，对自己不利，便亲自率领大军来救助袁谭，两人联手，坚守不出。到第二年二月，曹操还未能攻下冀州。郭嘉审时度势，认为攻急了，二袁连手相抗，对我不利；如暂缓进攻，二袁仍要相争。建议曹操不如暂时南向荆州，等二袁自相残杀、不可收拾时，再来攻打。曹操采纳了郭嘉的建议。

果然不出所料，曹军一退，二袁便火并起来，在邺城外展开激战。袁谭敌不过袁尚，便请谋士辛评的弟弟辛毗去向曹操求救。辛毗见到正在攻打刘表的曹操时，却建议曹操迅速回兵收复河北。

曹操领军回到黎阳，仍然觉得时机未到，乱得不够，于是还是按兵不动。他一面派人去袁谭军中，通报自己要把女儿许婚给袁谭；一面等着袁尚和袁谭互相攻杀。直到第二年正月，也就是建安九年（公元204年），曹操才率领大军，直奔邺城。

曹操在城外安营扎寨，多次发起进攻，但都无法攻进城去。从二月一直相持到四月，进展仍然不大。这时，许攸来到，献上一计说："为什么不决漳河水淹城呢？"原来每年四五月间，河水上涨，正好可以利用。曹操立即命令士兵在城外挖出一条壕沟，周长有四十多里，正好将邺城围住，但挖得却非常浅，好像不起任何作用。审配在城上望见，心中暗暗好笑，说："这是想决漳河水来淹城哪！不过挖这么浅，有什么用呢？"于是不以为然，放松了戒备。

当天夜里，曹操增加了十倍的兵力奋力挖掘，借着夜色掩护，壕沟迅速拓宽，等到天亮时，四十里的壕沟已经变成了宽两丈、深两丈的大河道，审配发现时已经太晚了。曹操于是命人挖开漳河的堤坝，将河水引进大河沟，水位很快就升高了，四十里的沟变成了水流汹涌的大河，水很快漫过沟岸，从四面八方往城里涌去，邺城成了一个孤岛。到六月中旬，邺城的部分城郭已经淹没在大水之中。城内无法和城外取得联系，无粮接济，不断有士兵饿死。

辛毗在城外不断鼓动城中士兵投降，审配一怒之下，将辛毗一家老小八十余口全部斩首，并把首级扔下城来。审配的侄子审荣一向和辛毗要好，见辛毗一家被害，心中愤怒不

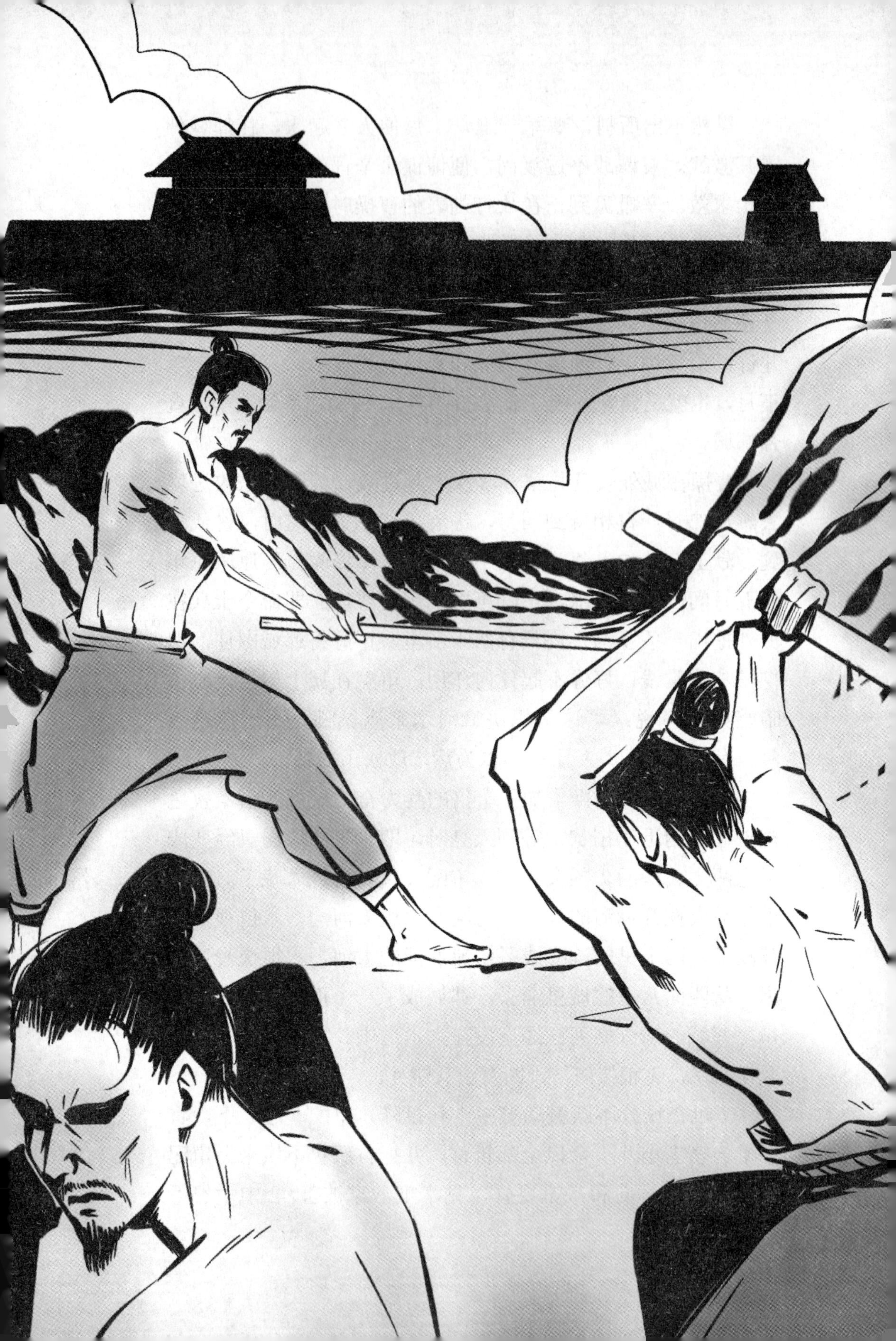

已，就悄悄写了一封信，拴在箭上射下城来。第二天，按约定的时间，审荣打开西城门，放曹军进去。一时间，曹操的将士蜂拥而入，徐晃一马当先，抓住审配，把他杀死。曹军攻占邺城，袁尚逃往中山郡。

曹军进驻邺城后，部将把陈琳捉住了，捆了送来见曹操。曹操问他，先前为袁绍写檄文时，为何要侮辱我的祖辈、父辈？陈琳说："箭在弦上，不得不发啊。"曹操爱惜他的才华，没有杀他，却让他做了从事。

曹操次子曹丕年已十八，随父亲出征来冀州。在袁绍府中，见到袁绍次子袁熙的妻子甄氏长得美丽非凡，便纳为自己的妻子。曹操亲自去袁绍墓前设祭，哀哭不已；又赠送许多金帛粮米给袁绍遗孀刘氏；下令免去河北百姓一年的租赋，表奏朝廷，自领冀州牧。

平定辽东

当曹军攻占邺城，曹操率领众将士将进城门时，许攸骑马奔上前来，用马鞭指着城门，叫着曹操的小名说："阿瞒，要不是我，你怎能进这门？！"曹操大笑起来，并不介意。其他将领听了这话，一个个都感到忿忿不平。一天，许褚骑马从东门进城，正好迎面和许攸相遇。许攸便对许褚说："你们要没有我，怎么能进出这城门？！"许褚见他一副傲慢、自负的样子，愤愤地说："我们出生入死打下的城池，你怎敢夸这海口！"许攸轻蔑地骂道："你不过是一介武夫，有什么了不起的？"许褚大怒，立刻抽出佩剑，杀了许攸，提着他的头来见曹操，诉说许攸是怎样地狂妄无礼，自己怎样在盛怒中杀了他。曹操大吃一惊，十分伤感，不禁责怪许褚说："子远是我的老朋友，他说的那些话，不过是和我开开玩笑罢了，你怎么杀了他！"命人厚葬许攸，事过不提。

冀州平定了，曹操便派人打探袁谭的消息。这时袁谭领兵去劫掠甘陵、安平、渤海、河间这一带地方。听说袁尚败逃中山（今河北定州市），袁谭便发兵攻打袁尚；袁尚无心作战，直奔幽州投靠袁熙。袁谭收降了袁尚的兵马，打算夺回冀州。曹操便派使者召唤袁谭，袁谭不来；曹操一怒之下，写信去撕毁婚约，亲自带大军征讨袁谭，直逼平原。袁谭求救于刘表，刘表回信婉言拒绝了。袁谭自知无法抵挡曹军，于是放弃平原，逃奔南皮。

曹军追到南皮，正值寒冬时节，天寒地冻，北风凛冽，河水全结成厚冰，运粮的船只无法行驶。曹操传下命令，让本地的百姓敲开河冰，拉船前进。百姓们听说后，立刻逃往他乡。曹操十分愤怒，下令捕杀逃亡的人。那些人听到这一消息，又全都来到营寨中投案自首。曹操说："如果不杀你们，我的号令无法施行；如果杀了你们，我又不忍心；你们还是赶快去山里面躲起来吧，免得我的士兵们抓住你们杀头。"这些人听了，个个流泪不已，辞别而去。

袁谭领兵来城外迎战曹操，敌不过，败退城中，派辛评来见曹操，想求和投降。曹操厉声说："袁谭这小子反复无常，我不能相信他。你弟弟辛毗受我重用，你也可以留下来。"辛评答道："丞相这话不妥。我十几年来一直侍从袁氏父子，怎能背叛！"曹操知道辛评留不住，也就让他回去了。

辛评回城见袁谭，细说曹操不准投降一事。袁谭叱骂道："你弟弟现在跟随曹操，难道你也怀有二心吗？"辛评听了这话，顿时气血上冲，昏倒在地。左右侍从扶他出门，没多久，他就死了。袁谭见自己误会好人，十分后悔。

第二天，袁谭又出城迎战，被曹洪杀死在阵中，郭图也被乐进射死。曹军进城，安抚百姓。又有袁熙部将焦触、张南和黑山党首领张燕来投，曹操封侯拜官，十分高兴。

曹操下令把袁谭首级挂在城门上示众，却有一个披衰（cuī，同缞。用粗麻布制成的长丧服。）衣、戴布巾的人，在那城下哀哀地哭泣；士兵们带来见曹操。一问，原来是青州别驾王修。他曾经向袁谭进言，袁谭不听，反把王修赶走了。现在得知袁谭死了，他还是来哭悼袁谭。曹操问他是否知道"哭者斩"的军令，王修说知道。曹操盯住他，

问："你不怕死吗？"王修从容地回答："我曾受命于他，现在他死了，我不来哭悼，不是忠义的行为。怕死而忘义，又怎能立足世间呢？如果能让我收葬袁谭的尸体，我死而无憾！"曹操听了这番话，深有感触地说："河北的忠义之士是如此之多！可惜袁氏父子不能很好地使用他们！否则，我怎敢图谋这方土地呢？！"于是便命人收葬袁谭尸首，把王修当做贵宾款待，拜他做司金中郎将。又问王修说："现在袁尚投奔袁熙，你看我该用什么计策来攻打他们呢？"王修听了，不作回答，自顾喝酒。曹操脱口说："好个忠臣哪！"便转身问郭嘉。郭嘉建议用袁氏降将领兵进击。曹操同意了。

袁尚、袁熙知道曹军将到，自己难以抵挡，便连夜带兵去辽西投奔乌桓去了。幽州刺史乌桓出城迎接曹操兵马，领众投降，被曹操封为镇北将军。

曹操又命降将吕旷、吕翔，假装叛变曹操，到并州投奔高干。一天半夜，吕旷、吕翔领着高干的好几万人马假装去劫曹营，诱使高干离开壶关城。曹操带大军袭击壶关，高干无路可走，只好往南投奔刘表；走在路上，被都尉王琰杀死。

并州又定，曹操便商议西击乌桓，曹洪和一些将领都表示反对，担心许都空虚，刘备、刘表会乘机进攻。郭嘉却极力赞成，认为乌桓不征服，将成为后患；刘表、刘备目前不会出战，不用担忧许都空虚。曹操认为郭嘉分析得有理，便决定西征乌桓。于是大小三军向西进发。

途中，只见黄沙漫天，狂风卷地，道路崎岖，人马难行。曹操的心情异常沉郁悲凉，他很想回军许都，于是便向郭嘉征求意见。郭嘉因为不服水土，病倒睡在车上；曹操看他面色蜡黄，形容消瘦，神情疲惫，心中一阵伤痛，流下泪来，说："因为我要征服大漠，使得先生长途跋涉，艰难辛苦，以致病倒，这叫我如何安心哪！”郭嘉连忙宽慰曹操。曹操便和他谈了回军的意图，郭嘉强打精神，急急地说：“兵贵神速。我们千里袭击，负担太重了，不如派轻骑兵迅速出击，攻其不备．关键是要找一个识途的好向导。”

郭嘉便留在易州养病，有人推荐袁绍旧将田畴作向导。曹操封他为靖北将军，做向导官，为先头部队；张辽在他之后，曹操在最后，全是轻骑兵，轻装前进。到了白狼山，正好遇上袁熙、袁尚会合冒顿领数万名骑兵前来。张辽和许褚、于禁、徐晃分四路冲下山去，奋力进攻，冒顿大乱，被张辽杀死。袁熙、袁尚带几千骑兵投奔辽东去了，剩下的士兵全部投降。

曹操回到易州，郭嘉已死好几天了。曹操来到他的棺木前祭奠，放声大哭，说：“奉孝死了，这是上天要绝我啊！”又回过头来，望着文臣武将们，沉痛不已，说：“各位年纪都和我相仿，只有奉孝年纪最轻，我原来打算将身后事托付给他的。没想到他中年夭折，这真叫我伤心断肠！”说罢，又哭起来。

郭嘉的随从把他临死前写的一封信呈递给曹操，曹操打开来看，一边点头，一边叹息不已。大家都不知道是什么意思。

第二天，夏侯惇建议曹操迅速出兵征讨辽东太守公孙康，否则袁尚、袁熙在那里，日久必成后患。曹操却笑着说：“不须诸位出战了。过几天，公孙康自然会送来二袁首级的。”大家都不相信。曹操在易州，只是按兵不动。

又过几天，夏侯惇、张辽来见曹操，进言道：“我们要是不征讨辽东，那就赶快回许都吧；否则刘表会乘虚偷袭的。”曹操胸有成竹地回答：“等二袁的头到了，我们就回许都。”大家都暗自发笑：哪有这种便宜的事！

正在这当头，忽然有使者从辽东来，说是奉太守公孙康之命，送上袁熙、袁尚的首级。将领们大吃一惊。使者送上两个木匣，一封书信。曹操看完大笑，说："果然不出奉孝所料！"于是重赏使者，封公孙康为襄平侯、左将军。众将领问其中原因，曹操便拿了郭嘉的遗书给大家看。那信上说："听说二袁投辽东，明公千万不要加兵。公孙康一直害怕袁氏吞并，二袁去他必疑心。如果攻他，他们会联合抗击；如果缓一缓，公孙康必然和二袁相攻。"

众将领这才明白就里。于是曹操带着大家再次来到郭嘉灵前设祭。郭嘉死时才三十八岁，从征十一年，屡建奇功——多么令人痛惜啊！

曹操派人先扶郭嘉灵柩回许都安葬，自己领大军从容回师。暮秋季节，大军来到碣石山畔（今河北昌黎西北），在这里稍事休整。

曹操满怀胜利的喜悦和人生的感慨，挥鞭跃马，登上了矗立在渤海之滨的碣石山巅。秋风萧瑟，曹操凝视着浩瀚的大海，远处的岛屿隐隐约约地耸出水面。眼前这辽阔壮丽的自然景色，深深地吸引住了曹操。他情不自禁地吟道："东临碣石，以观沧海。水何澹澹，山岛竦峙。"突然，一阵秋风掠过，满山葱郁的树木哗哗作响，海浪铺天盖地扑向岸边，光辉的太阳仿佛在大海里运行。他诗兴大发，继续吟道："树木丛生，百草丰茂。秋风萧瑟，洪波涌起。日月之行，若出其中。星汉灿烂，若出其里……"

当天晚上，曹操在行营里，回想起白天的景象，激动的心情仍然像大海的波涛一样汹涌澎湃。他虽然已经五十三岁了，但依然雄心勃勃，渴望统一整个中国。想到这里，他慷慨激昂、豪情满怀地吟道："神龟虽寿，犹有竟时。腾蛇乘雾，终为土灰。老骥伏枥，志在千里，烈士暮年，壮心不已……”曹操一向不信天命，认为人间万物有生必有死，即使像传说中长寿千年的神龟、腾云驾雾的神龙，也免不了生命终结、化作尘埃。他把自己比作伏在马厩中的千里马，虽然老了，依旧渴望着驰骋疆场、扫清天下。

建安十二年（公元207年）冬天，曹操领兵回到冀州邺城。征战八年，五十三岁的曹操终于统一了北方。

南伐刘表

曹操从冀州回许都后，常有攻取荆州的打算，先派曹仁、李典和降将吕旷、吕翔领三万兵马驻扎樊城，密切注视荆州、襄阳一带的动静，探察刘备、刘表的虚实。

吕旷、吕翔因为投降曹操后，一直没有立过战功，于是向曹仁请战，愿领五千兵马去新野打刘备。两军相遇，刘备采用单福之计，分兵出战；结果吕旷被赵云一枪刺死，吕翔也被张飞的长矛刺中。

曹仁便与李典商议对策。李典建议暂时按兵不动，将情况报告曹操，发动大军来征剿；可是曹仁却轻视刘备实力，一定要报战败之仇。李典没有办法，只好和曹仁点起两万五千军马，往新野奔来。刘备派赵云出战，杀败李典。

第二天，曹仁自己领兵摆成一个阵势，派人问刘备是否认得。谋士单福对刘备说："这是八门金锁阵；如果从生门、景门、开门进去就吉利，从伤门、惊门、休门进去就会伤残，如从杜门、死门进去就会死亡。我方可以从东南角生门攻进阵去，从正西方景门冲出，这阵就乱了。"刘备便命赵云按军师意见出击，果然破了曹仁的阵。曹仁大败而回。

曹仁又与李典商量半夜去劫寨，却被单福用计，留个空寨等待他们；等他们在赵云的掩杀下退归樊城时，樊城已被关羽占领了。两人连夜赶回许都，拜见曹操，哭着请罪。

曹操并不怪罪，说："胜败是兵家常事。不过，不知是谁在为刘备策划？”曹仁说是单福之计。曹操便问众谋士，有谁了解单福。只见程昱笑着说：“那人并不是单福，单福是他的托名，真名叫徐庶，是颍川人。因为替人报仇杀了人，才改名换姓逃遁江湖。”曹操便问那人才学如何，程昱认为要高过自己十倍。曹操连连感叹道：“可惜呀可惜！贤才全都被刘备召去了！刘备羽毛已丰，我能把他怎么样呢？”程昱见曹操爱惜徐庶的才能，便献上一计，建议曹操把徐庶的母亲先迎到许都，然后让她写信唤徐庶来；徐庶是个孝子，肯定会来的。曹操一听喜不自胜，连夜派人去接徐庶母亲。

可是，事不从人愿。徐庶母亲到许都后，却不愿写信叫儿子来，反而把曹操痛斥一顿，曹操只好暂时把徐夫人养起来。这期间，程昱便时常拜去访徐夫人，假说自己和徐庶以前曾结拜为兄弟，对徐老夫人好像对自己母亲一样；又经常派人送些礼物给她，并附张便条。徐夫人收到礼物后，也就随手回个便条。时间一长，程昱便熟悉了徐夫人的笔迹，然后模仿字迹写了一封信，去召徐庶来许都。

徐庶果然中计，日夜兼程赶来许都，直接进相府拜见曹操，曹操以礼相待，表达了渴慕贤才的愿望。徐庶对他照顾老母称谢不已，然后便去拜见母亲。谁知母亲知道真情后，对徐庶真假不分、明暗不辨十分痛恨，把儿子骂了一通以后，回到内室悬梁自尽了。徐庶痛哭不已，把母亲葬在许都南郊，居丧守墓，悔恨难当。

曹操又与各武将文臣商议南征。夏侯惇建议尽快扫除新野刘备，以绝后患；曹操深以为然，便命夏侯惇为都督，领兵十万去博望城。荀彧提醒曹操不能轻敌，如今刘备又得了诸葛亮的辅佐，十分了得。夏侯惇却不在意，宣称要捉住刘备。这时，徐庶在一旁也说刘备有诸葛亮辅佐，如虎添翼。

见徐庶这般慎重，曹操不禁产生了兴趣，问徐庶，诸葛亮是什么样的人，与徐庶相比如何？徐庶说："诸葛亮有经天纬地的才能，出鬼入神的计谋，是当今的奇才；我怎敢和他相比？我不过是萤火虫，诸葛亮是当空的明月啊！"曹操心中又是一阵怅惘：怎么如此杰出的人才都叫刘备网罗去了呢？！他恨自己缘薄福浅，不能召唤到天下所有的贤才奇士。他吩咐夏侯惇谨慎用兵。夏侯惇慷慨辞别，领兵上路。

过了一两个月，夏侯惇败退许都。他在博望城与刘备军相遇，被诸葛亮用火攻之计打败，收拾残兵败将，一路逃了回来。曹操没有怪罪夏侯惇，重赏了同去的李典和于禁，他们两人曾经提醒夏侯惇提防火攻，夏侯惇刚愎自用，没有听从。

建安十三年（公元208年）秋七月，曹操留荀彧守许都，自己亲领五路大军南征。在这期间，南方的形势发生了重大变化，令曹操心惊不安。孙权趁刘表病重之机，击杀江夏太守黄祖，占领了夏口。刘备在诸葛亮的辅佐下，势力大增，病重的刘表已将荆州事务托付给了刘备。荆州这块军事重地，孙、刘两位枭雄都有可能得到它；一旦如此，自己的霸业就会遇到很大的阻碍。因此，曹操当机立断，决定南征，要抢在孙、刘之前占据荆州。他出发不久，还在路上时，就传来了刘表病故的消息。

刘表有两个儿子，长子刘琦是原配夫人所生，次子刘琮是续弦蔡氏所生。刘琦为刘表所喜爱和信赖，但刘琮却有舅父蔡瑁和一班有势力的将臣支持，因此在立嗣问题上刘表一直动摇不定。他派刘琦去做江夏太守，接任黄祖职位，而刘备明显地站在刘琦一边。刘表一死，蔡夫人便在哥哥蔡瑁的支持下，把十四岁的刘琮扶上荆州牧的宝座，命士兵严守府门，不准任何人擅自出入。刘琦接到父亲死前一天的命令，从江夏赶回襄阳，却被蔡瑁挡在府门外，刘琦在门外大哭一场，上马回了江夏。

这时，曹操大军很快攻占了新野，又逼近樊城。刘备步步撤退，退到襄阳城外，请求进城，和刘琮共保襄阳，却被蔡瑁一口拒绝了。他只好继续向南撤退，准备守在江陵；刘备又派关羽去江夏会合刘琦水军。

襄阳城中，刘琮面对曹操兵临城下的形势，十分害怕，束手无策，在蔡瑁、张允的劝说下，向曹操请降。曹操向蔡瑁、张允两人打探荆州的军马钱粮情况，两人一一禀报。曹操又问荆州战船多少，是谁管领？蔡、张说正是他们两人掌管水军。曹操很高兴，立即封蔡瑁为镇南侯、水军大都督；张允为助顺侯、水军副都督，又许诺将保奏天子，让刘琮永做荆州之主。

蔡、张二人回报刘琮，刘琮喜出望外；第二天，刘琮和母亲一起捧着印绶、兵符，亲自渡江来拜迎曹操。曹操领将士们屯驻襄阳城外，派人安抚百姓。然后进城来到荆州府中，坐下后便招蒯越上前，抚慰说："我所高兴的不是得到荆州，而是得到了异度（蒯越的字）啊。"便封蒯越做江陵太守、樊城侯，又命刘琮做青州刺史，让他马上起程赴任。刘琮大吃一惊，再三推辞不去，曹操不同意。刘琮只好和母亲同往青州。走在路上，于禁奉曹操命令赶上杀了他们。

曹操立即选出五千精骑，亲自率领，以一日一夜急行三百里的速度追赶刘备，终于在当阳长坂坡追上刘备。刘备由于携带了荆州、樊城的百姓南行，队伍增加到十几万人，行动十分缓慢；这时被曹操的轻骑兵一冲，顿时乱成一团糟。刘备连妻儿也顾不上了，和诸葛亮一起去汉水会合关羽。曹操俘获了大量的人马辎重。

曹操乘势占领了江陵、南阳、江夏、南郡等地，又派人招降长沙、零陵、桂阳、武陵等四郡。于是，荆州八郡全部掌握在了曹操的手中。

曹操攻取了荆州，威震天下。他踌躇满志，骄矜自得，根本不把退守夏口的刘备放在心上，也不把拥兵柴桑的孙权放在眼里。他给孙权写了一封信，扬言要挥兵八十三万征讨江南，想恫吓孙权臣服。程昱提醒曹操要提防孙刘联军，却没能引起曹操足够的重视。

果然不出程昱所料，诸葛亮出使江东，舌战群儒，又与孙权的谋臣鲁肃、大将周瑜频繁协商，力排众议，说服了孙权，否决了张昭等主降派的意见，和刘备建立起抗曹联盟。

孙权不降，曹操十分恼火。他不听贾诩的守土安民的计策，冒着严寒率兵从江陵顺江而下，打算一战而定江东。可是，他错了。

隔江斗智

曹操领大军下江东，在三江口初战周瑜，便输了一阵。蔡瑁、张允告诉曹操，荆州水军好久没操练了，来自青州、徐州的北方兵又不习惯水上作战，所以失败。曹操便叫他们认真训练水军，随时备战。蔡、张二人便沿长江北岸分别安置了二十四座水门，将大船安排在外围，作为城郭；荆州军住在船上，又将小船停置在中间，青州、徐州军住在上面，大小船只间留有水道，可以互通往来；到了晚上，所有船只都点上灯火，把天空和水面映得通红。每天，士兵们都在船上演练战术，十分认真。岸上，又安下旱寨连绵三百多里，烟火不绝。

一天，东吴大都督周瑜乘着一只楼船，亲自驶往江北，去窥探曹操水军的虚实。他看见曹军水寨布置得十分严密得法，心里暗暗吃惊。听说是熟悉水战的蔡瑁、张允在当水军都督，周瑜便下了决心，要除掉这两个人，否则破曹十分艰难。

事有凑巧，曹操手下有个谋士蒋干，从小和周瑜是同窗好友，这次便自告奋勇，要来江东劝降周瑜，没想到反而被周瑜利用，使用反间计，让蒋干相信蔡瑁、张允私通东吴，里应外合；蒋干一回北岸，便禀报曹操。曹操在盛怒之下，斩了蔡、张二人。等他省悟过来时，已经晚了，只好重新任命毛玠、于禁为水军都督。

周瑜和诸葛亮商议，曹军水寨法度严谨，不易进攻，要得胜须用火攻。于是周瑜又使出苦肉计，当着东吴所有文臣武将的面，找借口将老将军黄盖打了五十军杖，让人知道黄盖怨恨在心；然后派参谋阚泽当夜扮作渔翁，驾小舟到北岸曹军水寨，献上黄盖的诈降书。

军士带阚泽来到曹操帐中，只见里面灯火通明，曹操凭几坐着，问阚泽来此有何目的。阚泽说："人人都说曹丞相求贤若渴，现在看来，名不副实啊！黄公覆（黄盖的字）啊黄公覆，你打错主意了！"曹操冷笑一声说："我和东吴马上就要开战，你私自来这里，我怎能不问呢？"

阚泽便说，黄盖乃是东吴三朝的老臣，今天无缘无故遭到毒打，所以想投降曹操，以图报仇。说着，一面送上黄盖的密信。曹操把信反复读了十多遍，又盯着阚泽看，忽然一拍桌子，厉声说："黄盖用苦肉计，叫你献诈降书，好从中取事；你竟敢来戏弄我！"命令左右武士将阚泽推出去斩首。阚泽面不改色，仰天大笑。曹操又命武士拉他回来，问他为何要笑。阚泽说："我笑黄公覆认不得人！"曹操问他，怎么认不得人；阚泽不回答。曹操冷冷地说："我从小熟读兵书，你这条计，怎能瞒得过我！你要是真心投降，为什么信中不说明是什么时间？你还有什么话说？"阚泽大笑，嘲笑曹操无知不学，曹操不服。阚泽说，自古以来，背主作窃，不可定期；如约定了时日，临时又无法脱身，这边又去接应，事情不就泄漏了吗？不明白这个道理，还枉杀好人，不是无学是什么？

曹操听了这番话，立即换上一种表情，走上前来向阚泽道歉，又置酒款待阚泽。然后，要阚泽回江东，通报消息。阚泽故意说自己已离开江东，怕暴露，不能再回去，希望另派别人去。曹操唯恐人多言杂，泄漏机密，再三劝说，让阚泽回去了。

尽管如此，曹操还是疑惑其中有诈，想派人去江东探听真实情况。这时蒋干又自愿请行。周瑜听说蒋干来了，喜不自禁，故意谴责蒋干上回偷走了蔡瑁、张允的密信，导致两人被杀，东吴失去了内应；接着便叫左右武士强行将蒋干送到西山的一座草屋休息，等破曹之后再放他走。西山早已有庞统在那里等着了。

蒋干知道这个闲居西山的人就是凤雏庞统时，十分惊讶，问他怎么住在这种偏僻的山中。庞统便告诉他，周瑜太高傲了，目中无人，不能容他，他只好隐居此地。蒋干见如此说，便劝庞统归降曹操，自己愿意引荐。庞统同意了，当下便偷偷来到江边，找到来时小舟，趁夜色过江去了。

曹操听说凤雏先生来投，亲自出帐迎接。坐下后，曹操便向庞统请教谋略。庞统提出，要先看一看军容。曹操便叫人备马，先邀请庞统一同观看旱寨。两人骑马来到高处，看过旱寨的分布情况，庞统说："傍山依林，前顾后盼，进出有门，可进可退，曲折变化，丞相可真是深懂用兵之道啊！"曹操得意地笑着，一边说："过奖了，还望指教。"接着又一起去观看水寨，见水寨面向南方，分置二十四座门，战舰列成城郭，中间藏着无数小船，水道纵横，严整有序，四通八达，变化无穷。庞统笑着称赞不已，说："丞相用兵如此，果然是名不虚传哪！"又指江南岸说："周郎！周郎！你死定了！"

曹操听了这话，兴奋极了。回到营帐，他便叫人摆酒宴款待庞统。席上两人谈笑风生，互相交流兵家计谋、实战经验。曹操见庞统高谈阔论，雄辩善谈，每当问及军机大事，总是对答如流，心中十分敬佩，对庞统更加热情。庞统装作醉意蒙胧的样子，问曹操："军中有好医生吗？"曹操有些

惊讶，不知庞统用意何在。庞统便指出，有很多士兵都生病了，得好好医治才行。因为曹军大部分都是北方的青州军、徐州军，来到江边，水上训练，不服水土，一上船就呕吐不止，已有不少士兵病重死去了，曹操对这一情形十分担忧；没想到庞统道破了他的心事！他就势向庞统请教良策。

庞统见时机已到，便说道：“我有一个好办法，能叫大小水军不生疾病。”曹操喜出望外，忙问是何办法。庞统便告诉他，长江水阔浪高，风浪不息，北方士兵不习惯船上颠簸，才呕吐生病；如果把大船和小船各自搭配，或是三十只为一排，或是五十只为一排，船头船尾互相用铁环锁链联结在一起，在船与船之间铺上宽厚的木板，不要说人走在上面平稳如地面，就是马也可以在船上奔走；要用这样的船队去出战，风浪再大，潮水再涨，也不用怕了。

曹操从心底笑到脸上。他立即从座位上站起来，走到庞统的面前，拜谢道：“先生高见！如没有先生良谋，我怎能破东吴啊！”庞统说：“这是我的浅薄之见，还望丞相自己决定！”

曹操立即传下军令，叫军中铁匠连夜打造铁环铁链，锁连船只。众将士知道了这一对策，也都以为胜券在握了，个个都喜笑颜开，斗志倍增。

原来，这不过是周瑜使的“连环计”。他和诸葛亮都想了用火攻的办法，来对付江北的无数船只；但船舰互不相连，一旦烧起来，烧着一只，其余船只还可以分散开来，火攻的效果就很微小；而像现在这样，连成一大排，情况可能就大不相同啦。

庞统完成了献计的任务，便准备脱身。他对曹操说，他来献计，不是为了贪图富贵，而是想要救江南的千千万万的老百姓；江南的许多英雄豪杰都怨恨周瑜；因此，他愿意先回江东去，一来要为曹操说降那些英雄，二来也求得曹操一张榜文，带回去保护自己的家小。曹操丝毫也不怀疑。临走时，庞统还认真地说：“丞相要尽快发兵，千万别让周郎察觉了。”

庞统拜别曹操，来到江边，正要上船，却见岸上过来一个人，一把抓住庞统的肩膀，说：“你好大胆！黄盖用苦肉计，阚泽下诈降书，你又来献连环计，唯恐烧不绝！你们好毒的手段啊！瞒得了曹操，可瞒不了我！”

庞统吓得魂飞魄散，回头看时，却是老朋友徐庶。庞统恳求徐庶，为了江南八十一州的老百姓着想，千万别说破这计。徐庶担心到时玉石俱焚，自己不保，庞统便教给他一计。

当晚，曹军中传言，西凉州韩遂、马腾谋反，杀奔许都。曹操应徐庶请求，领三千兵，星夜往散关把守关口，以解后顾之忧。

横槊赋诗

建安十三年（公元208年）十一月十五日，时值冬天，天气晴朗，万里无云，江上风平浪静。北岸水寨中央停泊着一只大船，上空飘着一面“帅”字旗，船里埋伏着数以千计的弓箭手。这是曹军主战船。曹操站在船头，放眼四顾，前面不远处是秀丽如画的南屏山，东有九江山峰，西观夏口丛林，南望樊山气势恢宏，远处便是乌林。曹操心旷神怡，在大船上置酒设乐，大会将臣。

夜色降临了，东山月上，清辉洒满澄碧的江面，上下辉映，光灿如同白昼；远远望去，长江就像一条宽宽的白练。曹操坐在主船上，左右侍从有好几百人，全都穿着锦衣绣袄，拿枪持戟。文臣武将，各按次序分别坐在两旁。曹操身披大红袍，望着四处空阔的境界，心中喜悦异常。他朗声说：“我自从起义兵以来，为国家除凶去害，立誓扫清天下，没征服的只剩江南了。如今我有百万雄师，更赖诸公效力，不愁功业不成。江南平定之后，我将和大家一起共享太平！”

文臣武将纷纷起身，称谢不已，都希望征战得胜，早奏凯歌。曹操兴奋之至，命大家开怀畅饮。大家互相祝愿，谈笑风生，仿佛胜利就在眼前。饮到半夜，曹操酣然欲醉，他情不自禁，指着南岸说：“周瑜、鲁肃，不知天时！你们有心腹大患还不自知呢！这是上天助我成功啊！”说罢，哈哈大笑，举杯一饮而尽。

这时，荀攸提醒他不要泄漏了机密大事。曹操不以为然地大笑起来，对他说，这儿坐着的全是心腹知己，说说怕什么！又指着夏口说：“刘备、诸葛亮，蝼蚁要撼泰山，多么愚蠢啊！”

曹操回过头来，带着酒意对大家说：“我今年五十四岁了，如能攻下江南，我将了却一桩心愿。很久以前，乔公和我是忘年至交，曾将他的二女托付给我，我也知道乔玄的二女都是天香国色，美貌非凡。后来没料到被孙策和周瑜娶去了！我已在漳水河畔筑铜雀台，如攻下江南，我一定要娶二乔，藏在铜雀台内，以欢娱我的暮年。”说罢，放声大笑。

正在谈笑时，忽然岸边树头，一群乌鸦飞起，叫着往南掠去。曹操便问：“这乌鸦为什么半夜鸣叫？”侍从答道：“乌鸦看见月亮的月光，以为天亮了，所以离树鸣飞。”曹操听了，朗声笑了。

这时，曹操已经酩酊大醉。他叫人取来那杆长槊，一手举槊立在船头，一手举起酒杯，把满满一杯酒洒向江中，一连洒了三杯，然后把槊横握在手中，笑意盎然，对着众人说：“我持这槊破黄巾、擒吕布、灭袁术、收袁绍，深入塞北、直抵辽东、纵横天下，从没辜负过大丈夫之志！如今面对眼前景象，我心中感慨万千；我要乘着酒兴作一首歌，大家跟我吟唱！”

沉吟片刻，曹操引吭高歌：

对酒当歌，人生几何？譬如朝露，去日苦多。慨当以慷，忧思难忘。何以解忧？惟有杜康！青青子衿，悠悠我心。但为君故，沉吟至今。呦呦鹿鸣，食野之苹。我有嘉宾，鼓瑟吹笙。皎皎如月，何时可辍？

忧从中来，不可断绝。越陌度阡，枉用相存；契阔谈宴，心念旧恩。月明星稀，乌鹊南飞；绕树三匝，无枝可依。山不厌高，水不厌深；周公吐哺，天下归心。

一曲唱罢，文臣武将齐声应和，浑厚隽永的歌声久久回荡在江面上，大家沉浸在一片喜悦欢快的气氛当中，似乎忘了一切。

忽然，席上站起一个人来，进言道：“正当大战来临之际，丞相何故说出这些不吉利的话来呢？”曹操仔细一看，原来是扬州刺史刘馥。刘馥跟随曹操多年，创立州治，建学校，广屯田，建立了许多功绩。当下曹操便问他：“我的话有什么不吉利？”刘馥带着醉意，大声说：“月明星稀，乌鹊南飞；绕树三匝，无枝可依。——这就是不吉利的话！”

曹操听了，怒不可遏，斥责道：“你居然敢败我的兴致！”说罢，顺手就给刘馥一槊，把他刺死。大家一下子惊呆了，酒宴也就不欢而散。

第二天，曹操酒醒了，对这件事懊悔不已，他叫来刘馥的儿子刘熙，流着泪说：“我昨夜喝醉了，误伤了你的父亲，现在后悔莫及。我将用三公厚礼安葬他。”于是派一批军士护送刘馥的灵柩回许都安葬。

又过了一天，水军都督毛玠、于禁来到帐前，向曹操请示：“大小船只全部搭配连锁停当，旌旗战具一一齐备，专等丞相调遣。”曹操便来到水军中央大战船上坐定，调兵遣将。水旱两军，都分别打上青、黄、赤、黑、白五色旗号。水军以毛玠、于禁为中心；陆军以徐晃为前军，派夏侯惇、曹洪负责接应；许褚、张辽监战，其余将领，各个安排停当。

一时，水寨中擂鼓三通，各队战船，分别从二十四道门

出行。这一天，江上突然刮起西北风，风高浪险；可是由于船只相连，所以冲波激浪，稳如平地，船上水军持枪使刀，踊跃操练，前后左右旌帜不乱，又有小船穿梭来往，巡视催督，井然有序。曹操站在将台上，观看演练情景，心中非常高兴，认为自己必胜无疑。练完，各按次序回位。

曹操升帐，对众谋士说：“如没有天意助我，又怎能有凤雏妙计？铁锁连舟，果然平稳渡江如履平地啊！”这时，程昱提出了心中的疑问：“船只全部连锁一体，平稳自然平稳；如果对方用火攻，我们则很难躲避。不能不防啊！”曹操听了，不觉大笑起来，说：“程仲德（程昱的字）虽然深谋远虑，却也还有见不到的地方啊！”

荀攸这时插言说：“仲德的话是对的。丞相为什么要笑他呢？”曹操面带笑意，解释说：“凡用火攻，必须借助风力。现在当隆冬之时，只有西北风，哪来的东南风呢？我们在西北方向，他们在南岸，他要火攻，不是烧着他自己了吗？我们怕什么！如果是十月小阳春天气，或许还有东南风，那我也就要早作防备了。”众将士听了，一个个都佩服无比，都说：“丞相高见，我们差得太远了！”曹操接着又看看大家，说：“青州、徐州、燕州、代州的将士，不习惯水战，要不是这条计策，又怎能涉险长江呢？”

听曹操说了这句话，有两个将领很不服气，站出来请战道：“我们虽然是燕州人，也能乘船水战；愿领二十只巡船，去到江口，夺旗鼓回来，以证明我们北军也能乘船。”

曹操看时，却是袁绍手下旧将焦触、张南，便很不以为然，劝他们不要把生命当儿戏，过分轻敌了。焦触和张南大叫起来：“如果失败了，甘受军法处治。”曹操沉吟片刻，说：“战船全都连锁一体，只有小船，只能容纳二十个人，恐怕不便作战。”可是焦触和张南不以为然，认为用大船反而不足为奇，小船才能够显示威风。于是曹操便同意他们进发，拨给他们二十只船，又派出精锐军士五百名。又命文聘领三十只巡船接应。两人高兴非凡。

第二天，四更做饭，五更安排停当。水寨中擂鼓鸣金，船只全部出寨，分布在水面上，青红旗号交杂一片；焦、张二人领二十只哨船，向江南进发。

周瑜这边，却派了韩当、周泰各领五只哨船，从左右两边劈波斩浪冲向江心，迎住焦触、张南。焦触船先到，命军士们向韩当射箭，自己用长枪去刺韩当，不料反而被韩当一枪刺死。张南随后冲上前来，周泰一手握箭牌，一手拿刀，在离张南船七八尺远时，飞身一跳，跳上张南船，一刀把张南砍落水中。文聘领巡船冲上厮杀，抵挡不住，败回北岸。韩当、周泰也收兵回营。

兵败赤壁

又过了两天，十一月二十日，天空仍然晴朗无云。曹操一直在等黄盖的消息。黄昏时分，东南风渐渐吹来，江船上的各色号旗飘向西北方向。程昱十分不安，来见曹操，提醒他说："今天起了东南风，要提防对岸火攻。"曹操毫不在意，笑道："冬至前后，天气回阳，怎么会没有一点东南风呢？这有什么奇怪的！"

这时，江东来了一只小船，送上黄盖密信。说是今夜斩名将、夺粮船来降，船头插青龙牙旗为信号。曹操兴奋不已，立即上了主战船，和将领们一起等待黄盖的船来。

夜幕降临，北岸大大小小一千多条战船，全都点燃了灯火，照得江面红光闪烁，交相辉映。东风越来越大，风势渐强，船头的号旗被风刮得猎猎作响，江面上波涛翻腾，远远望去，整个江面就好像有万条金蛇在翻滚。曹操迎风大笑，洋洋自得。

忽然，身边一名军士指着东南方向，急急地说："前面出现一队帆船，乘风驶来！"曹操连忙站到高台上，向远处眺望。瞭望的军士又报告说："船头全插着青龙牙旗，其中有面大旗，上面有'先锋黄盖'四个大字。"曹操听了，十分快慰地说："黄公覆来降！这是上天助我成功啊！"

来船渐渐靠近了。程昱观察了好久，过来对曹操说："来船有诈！叫他们不要靠近水寨。"曹操不解地问道：

"你怎么知道它是假的？"程昱答道："如果真是粮船的话，船身平稳，吃水也深；可那些船，看上去很轻，吃水浅，左右飘晃，绝对不是粮船。再说，今夜东南风这么大，假如有诈，我们如何能抵挡得了？！"

曹操猛然省悟过来，立即叫道："谁去阻挡？"文聘出来说："我熟悉水战，愿请出战！"说罢，跳到小船上，用手一挥，旁边十来只小船箭一般从水寨中射出，跟在文聘船后往江心飞去。文聘站在船头，大声叫道："丞相命令，南船不许靠近大寨，就在江心停住！"其余军士一齐喝道："快下篷！"话音未落，对面一阵弓弦响，文聘被射中左臂，立刻倒在船中，十几只小船顿时大乱，纷纷奔回大寨。

这时，来船距离北边水寨只有两里水路。打退文聘，黄盖用刀一挥，二十只火船同时点火，装满了芦苇干草、灌上鱼油、又铺满了硫磺的火船，顿时火焰腾空而起，空中迅速弥漫开硝烟的气味，芦苇干柴"噼噼啪啪"响成一片。东南风越刮越强劲，火借风势，风助火威，火船犹如二十只火箭，直射江北水寨，水寨中大小船只即刻起火，片刻工夫已全部烧着，彼此之间铁链锁得很紧，无法解脱逃避；三江面上，火逐风飞，烟焰腾空，顿时成了一片火海。

曹操回身一看，岸上营寨此刻也冒出了几处烟火。黄盖和他的部下早已跳上预备的小船，冒着浓烟烈火，冲进寨来寻找曹操。曹操见情势危急，正准备跳上岸，忽见张辽驾一只小船来到，急忙把曹操扶到船上，船刚离开，那艘主战船便爆炸起火了。张辽与十多个兵士保护曹操，飞奔岸口。

这时黄盖看见一个穿红袍的将领从主战船上下到小船，估计就是曹操了，立即冲了上来，手提快刀，大喊"休走"。张辽一箭射去，黄盖掉进水里。曹操得救登岸，找到马匹离去。此时，曹军已乱成一团，不可收拾。

曹操和张辽带着一百多个骑兵，在火林中奔走，经过之处，几乎没有一处没着火。正走着，毛玠救出文聘，带十来个骑兵跟上来了。曹操问怎么走，张辽回答可往乌林去，于是曹操直奔乌林。

正走间，背后又有一支人马赶到，火光中闪现出吕蒙旗号，呐喊声不止。曹操命张辽断后，正要继续往前跑时，前面火把又起，山谷中冲出一支大军，高叫："凌统在此！"曹操肝胆俱裂，眼看前后夹击，性命不保，忽见斜刺里冲出一支人马来，大叫道："丞相别慌！徐晃来了！"曹军和凌统混战一番，夺路向北奔逃。曹操原指望合淝方面来兵救援，哪知孙权在合淝路上望见江中火光，便叫陆逊举火为号，约会太史慈一道，领两路兵马攻杀过来。曹操只好往彝陵地面上奔去。路上撞见张郃，曹操便命他断后。

曹操一行，快马加鞭，一直奔到半夜，回头望望，火光渐渐远了，这才稍稍宽下心来。曹操看看四周，问是什么地方，边上人回答说："这是乌林的西边，宜都的北面。"曹操见周围树木丛生，山峰险峻，不禁在马上大笑起来。将领们问他，败退到这里，为什么反而还要大笑？他笑着说："我不是笑别的，只笑那周瑜无谋，诸葛亮少智。要是我用兵，一定会在这里先埋伏人马，怎么样？"正说着，就听到两边鼓声震天，火光冲天而起，把曹操吓得几乎掉下马来。一支人马杀出，为首的高声叫道："赵子龙奉军师将令，等待好久了！"徐晃、张郃上前双双迎住赵云，曹操飞马奔逃而去。

天渐渐亮了，乌云沉沉，东南风还在刮着。走着走着，天上忽然大雨倾盆，将士们的衣甲全都湿透了，也只得冒雨前进，路上泥泞难行，一个个饥饿难耐。曹操又问如何走，军士说，前面一边是南彝陵山路，一边是北彝陵山路。听说从北边山路经过葫芦口去江陵近，曹操便命从那儿走。

到了葫芦口，军士们都饿得走不动了，马也疲惫困乏，已有好几个士兵，连人带马倒在路边，再也起不来。曹操看到这种情形,心中不忍，便传令歇息片刻。一些士兵带了锅和米，便去山边拣稍微干燥一点的地方，埋锅煮饭，割马肉烤了吃。将士们暂时松弛下来，曹操也稍微心定了一些，坐在一棵树旁，靠着休息。

一会儿，曹操忽然抬起头来，望着天空放声大笑。一位将领心惊胆战地问道：“丞相刚才嘲笑周瑜、诸葛亮，反引出了赵子龙，还损失了许多兵马；现在为什么又笑？”曹操说：“我笑他们毕竟智谋不足啊！如果是我用兵，就在这个地方埋伏一支兵马，以逸待劳；我们就算能逃脱性命，也不免重伤。他们见不到这点，我才笑啊。”正说时，就听前军后军一片呐喊，四下里烟火弥漫，一员大将在山口立马横矛，大叫：“张翼德在此！”见是张飞，将士们无不胆寒。许褚来不及备鞍，就跳上马迎战张飞，张辽和徐晃也冲上前来夹攻。曹操飞马奔逃，回头看时，诸将领多已带伤。

正走之间，士兵来到马前请示：“前面有两条路，请问丞相从哪条路去？”曹操便问哪条路近，士兵说，大路比较平坦，但要远五十里；小路投往华容道，要近五十里，只是地窄路险，坎坷难行。曹操想了想，便叫士兵上山头观望。士兵回报说：“小路山边有几处烟起，大路没有动静。”曹操听了，便传令前军，叫走华容道。有将领问道：“烽烟处肯定有兵马埋伏，为何反要走这条路？”曹操笑着说：“没听说过吗？虚虚实实，兵不厌诈！诸葛亮计谋多，故意让人在僻静地方烧烟，叫我不敢走小路，他却去大路埋伏！我偏不中计！”将士们都赞叹曹操神机妙算，一路往华容道赶去。

华容脱险

华容道上，山路泥泞难走，士兵们又累又饿，马也都困乏不堪。有好多人在昨夜的战火中被烧得焦头烂额，还有一些是中箭挨枪负伤很重的，他们衣甲湿透，步履蹒跚，相互搀扶着往前行走。军器和旗帜也破烂不堪，鞍辔衣服都在逃跑时扔掉了。这正是十一月下旬隆冬严寒之际，将士们个个冷得打颤，苦不堪言。

这时，前军停下马来，曹操便问发生了什么事。士兵回报说，前面山僻路窄，因为早上下过大雨，泥坑里积了水，马蹄陷进去了，无法行走，大家挤在一起，道路受阻。曹操恼怒极了，斥责道："士兵逢山开路，遇河搭桥，岂有泥泞不行的道理！"立即传下号令，叫老弱伤残的士兵在后面慢行，身强体壮的都去挑土打柴，搬草运石，填塞水坑，如有违令躲避的，斩！士兵们只好下马，去路边山上砍伐竹木，搬动草石，填坑铺路；张辽、许褚、徐晃都拿刀在手，凡是迟慢违令的，一律斩首。被累冻饿的士兵纷纷昏倒在地，人马从身上踏过，哭号之声一路不绝。这支残兵败将，队伍分为三停，一停落在后面，一停填了沟坎，一停紧跟曹操。

走过险窄小路，前面便平坦起来。曹操回头看时，只有三百多骑兵跟在后面，没有一个是衣甲整齐的。他深深地叹口气，催促大家快走。将领们都恳求稍微休息一会，曹操却要大家赶到荆州再休息。

走不到几里，曹操又在马上扬鞭大笑。有将领问道：“丞相为何又发笑？”曹操笑声不绝，说：“人人都说周瑜、诸葛亮足智多谋，依我看来，到底是无能之辈啊！如果在这个地方埋下一支兵马，我们都要束手就擒了！”

话音未落，就听到一声炮响，前面路口摆开两列刀剑手，领头大将正是关云长，手中提着青龙偃月刀，骑着那匹浑身火红的赤兔马，拦住去路。已经疲惫到了极点的曹军将士，见到这一阵势，全都魂飞魄散，面面相觑。曹操望见前一列武装整齐、精神抖擞的关羽士兵，又看看身后狼狈不堪、焦头烂额的部下，无计可施，也只好说：“既然到了这一地步，我们也只有决一死战了。”众将士纷纷说：“即使人不害怕退缩，马力已乏，怎能再战？”

这时，程昱上前说：“我一向知道，云长傲上而不忍侮下，欺强而不凌弱，恩怨分明，信义当先。丞相往日曾对他有恩，如今只好亲自去请求他，说不定我们能逃过这场劫难！”

曹操听了，觉得这是一个好办法，而且也是唯一的生路了，于是纵马上前，向关羽欠身施礼，问候关羽：“将军别来无恙！”关羽也欠身回礼，答道：“我奉军师将令，等候丞相多时。”曹操恳切地对关羽说：“曹操兵败势危，到这里已走投无路，恳望将军以往日交情为重。”关羽从容答道：“往日我虽蒙受了丞相厚恩，可是我已经斩颜良、诛文丑，解白马之围，报答过了。今天我怎敢因私废公？”曹操

十分动情地说：“过五关、斩六将的事，还记得吗？大丈夫应该以信义为重。将军深明春秋大义，也一定知道古代君子是如何施行仁义的！”

一番话，说得关羽低下了头。关羽是个义重如山的汉子，想起当年曹操对他是何等的恩义，又联想到后来过关斩将，曹操不仅没有责怪，反而下令放行，怎能不动感情？再看看眼前这群士兵，满脸的惊惶不安，一个个都在掉泪，心中更加不忍。于是他拨转马头，让到道边，又对五百名刀剑手说：“散开。”这句话，分明是让士兵们让开大道，放曹操过去。

曹操见关羽回转马头，便领众将士一起冲过去。等关羽回头时，他们已经冲过去了。关羽这时又想起了在军师面前曾立下军令状，心中一惊，禁不住在曹操背后大喝了一声。听到这声喝，曹操又回转马头来，望着关羽；曹军士兵也都下了马，哭拜在地。看着这幅凄惨的场景，又触到曹操伤感的目光，关羽更加不忍心了。正在犹豫不决时，张辽领着十来个骑兵纵马赶到了。关羽见到往日知己，又动了朋友之情、恻隐之心，长叹一声，一并放过去了。

出了华容道，脱离了险境，来到谷口时，曹操回头看看随行的士兵，只剩下二十七人了。

等到天色黑了，人马渐渐走近南郡。忽然前方火把通明，一支兵马拦在路上。曹操大吃一惊，脱口道：“我命绝了！”只见几个骑兵冲上前来，仔细看时，原来是曹仁的军马。曹操这才放下心来。曹仁说：“我已知道兵败的消息，但不敢走远，只好在这附近接应。”曹操感叹不已，说：“我差点就见不到你了！”于是带大家一同进南郡安顿休

息。张辽随后也到了，对曹仁诉说关羽的仁德。曹操检点将校，受伤的很多，便命他们好好休养歇息。

曹仁安排酒宴替曹操压惊，谋士们都在席上。饮酒微酣时，曹操忽然仰望天空，放声大哭起来。谋士们吃惊不小，互相望望，都小声地说些什么。有位谋士站起来，问道："丞相从虎窟中逃出来时，毫不胆怯；现在到了城中，人也安顿下了，马也养在后院，正需要整顿军马，准备复仇，为什么反要痛哭呢？"曹操边哭边说："我是在哭郭奉孝啊！"说罢，一边捶着胸脯，一边大放哀声："悲哀啊，奉孝！痛心啊！奉孝！可惜啊，奉孝！"谋士们听了，一个个沉默不言，心中感到万分羞惭。

第二天，曹操交给曹仁一个锦囊妙计，吩咐他到情况危急时再拆开，留他守南郡，管领荆州；安排夏侯惇守襄阳，张辽守合淝，乐进、李典作副将协助张辽。分派完毕，领众将士回许都，准备收拾军马，再来复仇。

临走前，曹操写了一封信派人送给孙权，说："赤壁之战时，我方士兵患病很多，缺乏应有的战斗力，所以才任凭战船烧毁，不战而退，使得周瑜赢得全胜虚名。"

曹仁在南郡，分派曹洪守彝陵，形成掎角之势。孙刘联军没有追上曹操，便将兵力转向南郡，朝江陵发动攻势。曹仁有备而战，大获全胜。此时已是十二月严冬时节。

曹操派出的增援部队赶到，曹仁让徐晃接管江陵军务，自己率六千人马从山路攻打夷陵。周瑜分兵出击，派吕蒙领兵切入曹仁军后方，前后夹击。曹仁仓促应战，战败撤退。

周瑜亲自率军包围江陵，刘备也率人马切断了江陵的退路。

曹仁便与众人商议。曹洪说："现在正是情况危急之时，我们何不将丞相的锦囊妙计拆开看看呢？"于是曹仁拆开密信，见上面写着："固守江陵，两个月后若江陵仍在我手，则即刻举兵再次南征；如不在，则放弃这里退守襄阳。"于是，曹仁放弃了江陵，退到襄阳。

此后，孙权的势力进一步巩固，雄踞江左，建立吴国；刘备乘机进兵夺地，建立蜀国。"天下三分"的局面，就在赤壁之战后形成了。

铜雀欢宴

赤壁之战后，曹操常思报仇，只恐孙刘合力对抗，所以不敢轻易出征。

建安十五年（公元210年）春天，铜雀台建成，曹操在邺郡会集朝中文武百官，大摆酒宴庆贺。

铜雀台面临漳河，中间的高台便是铜雀台，左边一座略低，叫玉龙台，右边一座名金凤台，高各有十丈，和铜雀台之间各有一座飞桥相连，三台互通，千门万户，金碧辉煌。这一天，曹操头戴嵌宝金冠，身穿绿锦罗袍，玉带珠履，坐在高台之上。文武百官依序坐在两旁。

曹操想要观看武官比试弓箭，便叫侍从把一件西川红锦战袍悬挂在垂杨枝上，下面放着一个箭靶，有百步之远。曹姓族的人全穿红袍，其余的将官都穿绿袍，每人都带着雕弓长箭，跨鞍勒马，听候指挥。

曹操传令说：“谁能射中箭靶的红心，那锦袍就赏赐给他，如果射不中，罚水一杯。”号令刚出，红袍队中，一个少年将军飞马跑出来，大家看时，原来是曹休。曹休骑着马，在场上跑了三个来回，扣上箭，拉满弓，一箭射去，正中红心。场外金鼓齐鸣，大家喝彩不已。曹操在高台上望见，十分喜悦，夸赞道：“真是我曹家的千里驹啊！”正要叫人拿那锦袍给曹休，却见绿袍队中冲出一马，马上的人叫道：“丞相的锦袍，应让我们外姓先取，宗族中人不应当拦在前面。”曹操一看，见是文聘。将官们都说：“让我们看看文仲业（文聘的字）的箭法！”于是文聘弯弓搭箭，奔马射出，正中红心。众人喝彩，金鼓乱鸣。文聘大叫说：“快取袍来！”

这时红袍队中，又有一个将官飞马跑出，厉声说：“文烈（曹休的字）先射中，你怎好争夺？看我来替你两人解箭！”说罢，拉满弓，一箭射去，也中红心。大家齐声喝彩，看时，正是曹洪。曹洪正要去取锦袍，绿袍队中又跑出一员大将来，扬起弓箭，叫道：“你们三个的箭法何足为奇！看我射来！”大家一看，却是张郃。张郃飞马翻身，往背后射出一箭，也中红心。四支箭整整齐齐，全都钻在那小小的靶心里，观看的将士都称赞不已，连说：“好箭法，好箭法！”

张郃高声叫道：“锦袍应该是我的！”话还没说完，红袍队里又跑出来一员大将，大声叫道：“你翻身背射，有何奇怪！看我夺射红心！”原来是夏侯渊。夏侯渊在场上跑着，来到界线边，扭转身远远朝箭靶射去，一箭射在四箭当中，一时间金鼓齐鸣。夏侯渊勒住马，按弓大叫：“这一箭能夺得锦袍了吧？”只见绿袍队里又冲出一将，叫道：“把锦袍留给我徐晃！”夏侯渊高叫道：“你另外还有什么射法，能夺走我的锦袍？”徐晃说：“你夺射红心，不足为奇，看我专取锦袍！”说罢弯弓射去，正好射断柳条，锦袍掉在地上。徐晃飞马上前，拾起锦袍，披在身上，又策马来到曹操台前，说：“谢丞相袍！”曹操哈哈大笑，众将都称羡不已。

徐晃刚要转身回队，猛地台边跳出一个绿袍将军，上前大叫：“你把锦袍拿哪儿去？趁早留下来给我！”众人看时，却是许褚。徐晃说：“袍已在我身上，你怎敢抢

夺？”许褚也不说话，直接飞马跑来抢锦袍。两马靠近后，徐晃便抓着弓来打许褚，许褚伸出一只手按住那弓，另一只手抓住徐晃的肩膀，把他拖离了马鞍。徐晃急了，扔掉弓，翻身下马，许褚也下了马，两人揪住了厮打。

曹操见状，连忙叫人上去把两人分开。那锦袍被扯得粉碎。曹操叫他们都上台。到了台上，徐晃还瞪眼竖眉，许褚也咬牙切齿，两人似乎都还要再争斗下去。曹操笑着说：“我是想试探大家的勇武啊！哪会吝惜这一件锦袍呢？！”接着，他又叫台下所有将领都上台来，每人都赏赐了一匹四川锦。大家称谢不已。曹操命他们各按次序坐下，一时间乐曲奏起，文武百官轮流敬酒，杯觥交错，个个心平气和，气氛安祥欢乐。

酒过数巡，曹操看看文武百官，笑意盈然，说：“武将既已射箭助兴，足能显示各位的威勇了；诸位文臣，大家都是饱学之士，登临高台，为何不吟诗作赋，来纪念我们今天的盛会呢？”众文官一齐起身说道：“愿遵钧命！”

一时间，王朗、王粲、陈琳、钟繇等文臣都进献诗章。曹操含笑读着，见诗章中多有称颂自己功德巍巍、合当受命的意思，便说：“诸公的佳作，过誉太多。我本是个愚陋的人，开始不过是个孝廉。后来天下大乱，我便在谯郡东边五十里的地方修筑草屋，打算春夏读书，秋冬打猎，等天下太平时再出来做官。没想到朝廷征我做典军校尉，于是就改变初衷，想专心为国家讨贼立功，只图死后能在墓碑上题着‘汉故征西将军曹侯之墓’几个字，也就心满意足了。等后来讨董卓、剿黄巾，接着又除袁术、破吕布、灭袁绍、定刘表，安定天下，自己也做了丞相，作为人臣，我已居最高位，又哪能有更多的奢望呢？天下如果没有我，还不知道几人称帝、几人称王！”

曹操举起酒杯，一饮而尽，望着百官，又说：“有人见权重，便胡乱猜疑，以为我别有用心，想篡位称帝，这可就大错特错了！孔子称颂文王至德，对此我时刻记在心上。可是要我交出兵权，去自己的封国归隐，这却是万万不行的；我唯恐兵权一交，就会被人伤害，而我一旦退败，那么整个国家就危险了！所以，我不得不冒这虚名，处在这实祸之地了！这中间的处境，我的意图，诸公一定不会体会得很深刻！”

众人听完，一齐起身，纷纷说道："即使是伊尹、周公，也赶不上丞相远见卓识啊！"

这一天，曹操喝得心神沉醉。这是赤壁之战后，曹操意气最盛的一天！

割须弃袍

不久以后，曹操领兵从邺城出发，经过洛阳往潼关进军，去抵挡马超的东进。

这是一场并不想打但又无法避免的战争。马超的父亲马腾曾任征西将军，和镇西将军韩遂结为异姓兄弟，来往密切。后来，双方的部将勾心斗角，挑起事端，导致双方失和，以至于兵刃相见，韩遂打败马腾，还杀了马腾的妻妾。司隶校尉钟繇镇守关中时，在凉州牧韦端的协助下出面调停，促使双方和解。接着，马腾被拜为前将军，封槐里侯，建安十三年（公元208年）又被封为卫尉，家人随他迁居邺城。长子马超不愿入朝，留在西凉，和韩遂交好。曹操任命他为司隶校尉督军从事。可是马超却心志高远，依仗自己勇武过人，时时梦想纵横天下。马腾在京中，时刻不忘衣带诏一事，约会几位将臣共谋，事情败露后，被曹操杀害。消息传来，马超联合韩遂，举兵进攻潼关，意欲攻取许都。这时是建安十六年（公元211年）。

曹操命曹洪、徐晃先带一万人马到潼关，助钟繇守关，以十天为限；自己率大军随后进发，曹仁负责押送粮草。

曹洪和徐晃到了潼关，只是坚守，并不出战。马超领兵来到关下，将曹操祖宗三代百般辱骂。曹洪大怒，要领兵下关厮杀，徐晃苦苦劝住，说是马超在用激将法，要曹洪千万别中计。一直坚持到第九天，曹洪看见西凉军把马放去吃草，士兵三三两两坐在地上，困乏欲睡，便以为有机可乘，立即点起三千人马杀下关来。西凉兵来不及迎战，转身就跑，曹洪穷追不舍。徐晃听说后，急忙带兵随后赶来，大叫曹洪回马。不料背后一阵呐喊，马岱率兵从后面杀到，前面马超又领兵迎上来，前后夹攻，曹洪和徐晃抵挡不住，边杀边退，弃关回走。

路上迎着曹操。听说潼关失守，曹操怒不可遏，一边谴责徐晃，一边喝令斩曹洪，被大家劝阻了。

于是曹操领兵直奔潼关。来到关前，曹操命士兵砍伐树木，下定寨栅，分为三个营寨：左寨曹仁，右寨夏侯渊，曹操自己居中寨。第二天，曹操领着三寨人马，杀奔关隘，迎面遇上西凉兵马，两边各自摆开阵势。曹操出马，立在门旗下，看那些西凉兵，人人勇健，个个英武。又见阵前马超一表人才，唇红面白，腰细膀宽，声雄力猛，身穿白袍银铠，手握长枪，骑在马上。曹操不禁暗暗称奇，对马超说："你是汉朝名将的后代，为什么要造反？"马超咬牙切齿，大声骂道："叛贼！欺君罔上，罪该万死！害我父弟，不共戴天之仇！我要活捉生吃了你！"说罢，挺枪冲杀过来。曹操背后于禁、张郃冲出迎住，马超把手一招，西凉兵一起冲杀过来，来势凶猛，曹军抵挡不住，往后败退。马超、马岱等人冲到军中来追杀曹操。曹操在混战中，听到西凉兵大声叫着："穿红袍的是曹操！"曹操急忙在马上脱下红袍扔到地上。不想又听到西凉军呐喊："长胡须的是曹操！"曹操惊慌不已，赶快抽刀割断长胡须。谁知西凉军中有士兵看见了，便告知马超，马超便命士兵大叫："短胡须的是曹操！"曹操听说，慌忙从旁边一面旗帜上扯下一个旗角，围住下巴，纵马奔逃。走着走着，背后马超终于赶上来了，大叫一声："曹操别跑！"曹操惊慌得把马鞭掉到了地上，急忙绕着一棵大树转圈。马超一枪捅来，刺进树干；等拔下来时，曹操已经跑远了。马超仍然紧追不舍，却见山坡上转过来一员大将，正是曹洪，挥刀迎战，拦住马超，曹操才得以逃脱。夏侯渊也赶到了，挡住马超，和曹洪一同回寨。

曹操回到营寨，见有曹仁拼死据守寨棚，军马损失不大。他进了军帐，叹道：“要是没有曹洪，我今天必定死在马超手上！”于是重赏曹洪，收拾残兵，坚守寨中，壁垒森严，不许出战，任凭马超每天在寨前辱骂挑战，只是不加理睬。

众将领见曹操不应战，以为他示弱了，私下里议论纷纷。过了几天，探子来报说，马超又添了两万援兵，都是羌人。曹操听说，高兴得差点跳起来。将领们感到十分奇怪：敌人增兵，为何反而高兴？曹操也不解释。又过三天，来报说对方又增人马。曹操大喜过望，立即在帐中设宴庆贺。众将领都暗暗好笑。

曹操便问：“诸位将领笑我无法破马超，你们有什么好办法吗？”徐晃提出，如果分一路兵马去河西，截断敌人退路，到时两路夹击，可获胜利。曹操觉得有理，便叫徐晃领四千精兵，直接去河西埋伏山中，等大军渡河北时出击。

曹操便叫曹洪安排船筏，留曹仁守寨，自己领兵渡渭河。马超得知，准备领兵绕道过河占据北岸，堵住曹军，等曹军粮尽，再攻过河来。韩遂却建议说：“不必如此。兵书说，兵半渡可击。等曹兵过河一半，我们从南岸攻击，他们便全都死在河里了。”于是马超便采纳了韩遂的建议。

曹操把大军分成三拨，要渡渭河。他先派一拨精兵过河，安扎营寨，自己带百来个随从侍卫坐在南岸，看大军渡河。忽然听到士兵喊：“后边白袍将军到了！”大家一看是马超来了，都争先恐后往船上跑，乱成一片；曹操仍然坐着不动，按剑指示“休闹”。却听到人喊马叫，蜂拥上来，船上一员将领跳上岸来，叫道：“敌人到了！请丞相赶快上船！”曹操见是许褚，便说：“敌人到了又何妨！”回头看时，马超已离自己不到百步远了。许褚拖曹操上船时，船已离岸一丈多远了，许褚背起曹操一跃而上，急急忙忙将船往下水撑去。马超赶到河边，见船已在河心，连忙弯弓搭箭，喝令将士射箭，一时间箭如急雨。许褚担心伤了曹操，用左手举起马鞍遮挡。马超箭不虚发，船上十来个士兵全被射落水中，驾船人也被射倒。船摇晃不定，在河心急水里打转。许褚大显神通，用两腿夹住船舵摇着，右手撑船，左手举起马鞍遮护曹操。

这时，渭南县令丁斐正在南山上，看见马超追杀曹操，形势危急，担心伤了曹操性命，便把寨中牛马全放到外面，漫山遍野全是牛马，西凉兵看见了，都回转身去抢夺牛马，无心追击，曹操因此逃脱了。刚上北岸，曹操便叫人把船凿沉。许褚身穿铠甲，箭全都嵌在甲上。众将领拥着曹操到寨中坐定，上前问候。曹操大笑，说：“我今天差点被小贼困住了！”许褚对大家说：“要不是有人放出牛马来诱敌，敌人一定拼力渡河了。”曹操便问是谁，有知道的人说，是渭南县令丁斐。

过了一会，丁斐进帐来见曹操，曹操感谢不已，任命他为典军校尉。丁斐提醒说，敌人暂时退却，明天还会再来，必须早作对策。曹操说：“我已准备了。”于是便让众将领各自分头去河边，沿河筑起甬道，暂作寨脚。敌人如来进攻，便在甬道外陈列士兵，在甬道里面虚竖旗帜，作为疑兵；又沿着河岸挖下壕沟，上盖浮土，撒上草叶；河里布些士兵，作为诱饵，说是等敌人陷进壕沟时再攻杀。

马超回去见韩遂，说：“几乎捉住曹操！却被一员大将背上了船！不知是谁？！”韩遂说：“我听说曹操帐前侍卫十分精壮，名叫‘虎卫军’，典韦和许褚领头。典韦死了，今天救曹操的，想必就是许褚了。这个人勇力过人，人们都叫他‘虎痴’；倘若遇上了，不可轻视啊！”

两人又商量一阵，决定让庞德做先锋，和韩遂一起渡河袭击，趁曹操还没来得及安下营寨，迅速出击。于是韩遂和庞德领五万兵马直奔渭南。庞德先领五千骑兵冲上前，不料连人带马全落在陷马坑中。庞德奋力一跃，跳出土坑，徒步杀出重围，救出韩遂，遇着马超前来救应，杀奔东南而去。一点兵，死在陷坑里的有两百多人。

智破马超

输了一阵，马超便与韩遂商议，晚上带轻骑兵去劫曹营。

曹操对这一点已经预料到了。他安排将士四下分散埋伏，虚空中军。当晚，马超先派一个部将带三十名骑兵前去探哨，他们直接进入中军。曹操见西凉兵到，便放号炮，四下里伏兵一起杀出，结果只围住三十个骑兵。马超却从背后和马岱、庞德兵分三路蜂拥杀来。两军混战，直到天明，各自收兵。

曹操在渭河上把船筏锁在一起，搭成三座浮桥，连接南岸；曹仁带兵隔河立寨，把粮草车辆连起来当做屏障。马超知道了，叫军士们带着火把杀到寨边，放起烈火把粮草烧个精光。

曹操一直安不下营寨，心中十分担忧。荀攸建议取渭河沙土筑土城，曹操便拨三万士兵挑土筑城；可是马超却派五百士兵前来冲击，加上沙土不实，刚筑起来便倒塌了。这时正是九月末，天气突然转冷，乌云密布，寒风刺骨。曹操在帐中纳闷不已，无计可施。忽然来报说，有一个老人求见。曹操请他进来，见那人鹤骨松姿，形貌苍古，说自己原是京城人，隐居在终南山，姓娄，名子伯，道号“梦梅居士”。曹操友好地接待了他，并告诉他筑寨不成的烦恼，请求他出出主意。

娄子伯说："丞相用兵如神，怎会不知道天时呢？近几天阴云密布，北风又紧，定会上冻。风起后，叫士兵运水泼土，到天亮，土城就筑成了！"曹操猛地省悟过来，重赏子伯，子伯不受而去。

这天晚上，北风猛烈，曹操命令所有士兵挑水泼土。没有盛水的器具，就叫士兵把衣服做成布袋装水浇土，一边筑一边就冻上了。等到天亮，沙和土冻得紧紧的，土城已经筑好。当探子报知马超时，马超领兵观看，震惊不已，以为神助。曹操乘马出了营寨，只让许褚一人跟着，来到阵前，扬鞭大叫说："我单骑到此，请马超出来答话。"马超纵马挺枪出阵，曹操便高声说："你欺我筑不成土寨，如今我一夜之间筑成了，你怎么还不投降！"马超被激怒了，准备上前捉拿曹操，却看见曹操背后一员大将，睁圆了一双怪眼，手提钢刀，骑马站立。马超猜想大概是许褚，便扬鞭问道："听说你军中有个虎侯，他在哪里？"许褚提刀大叫道："我就是谯郡许褚！"说着，眼放神光，威风抖擞。马超不敢向前，勒马回阵，曹操也和许褚回寨。两边军士看了，个个惊骇不已。曹操引以为傲地对大家说："敌人也知道仲康（许褚的字）是虎侯啊！"从此军中都叫许褚为"虎侯"。

许褚毫无畏惧地说："我明天一定要活捉马超！"曹操叮嘱道："马超英勇，不可轻敌啊！"许褚坚决地说道："我发誓要和他决一死战！"说罢，立即派人去下战书。

第二天，两军出营摆开阵势。马超挺枪纵马，站在阵前，高叫道："虎痴快出来！"曹操在门旗下回头看看将士们，夸赞道："马超不减吕布之勇啊！"话音未落，许褚拍马舞刀冲出阵来，马超挺枪迎战，打了一百多个回合，不分胜负。两人回阵，把困乏的马卸下，换了坐骑重新出阵，又斗了一百多个回合，仍然决不出胜负。杀得许褚性起，飞马跑回阵中，卸去盔甲，赤着上身，裸露根根筋肉，翻身上马，来和马超决战。两边的军士全给惊呆了。两人又斗到三十多回合，许褚发威，举刀来砍马超；马超躲过了，一枪往许褚心窝刺来，许褚扔下刀，把枪挟住了，两人在马上夺枪。许褚力气大，咔嚓一声，枪杆被拉断了；两人便各拿半截枪杆在马上乱打。曹操担心许褚失手，便命夏侯渊、曹洪一起出击，马超军中庞德、马岱分别从左右两边杀出来，横冲直撞，一番混战，曹兵大乱。许褚肩臂中了两箭，急忙退回寨来。马超回到渭河口，对韩遂说："我从没见过像许褚这样恶战的！真是'虎痴'啊！"

两军在渭河岸边相持一个多月，西凉军的粮草渐渐接济不上了，又探知徐晃从西面堵截了归路，马超有些惊慌，和韩遂商议，想同曹操议和罢兵，便派部将去见曹操。曹操答应来日回复。贾诩来见曹操，询问如何对付；曹操反问贾诩有何意见。贾诩说："兵不厌诈，先答应他，然后用反间计离间马超和韩遂，西凉军自可攻破。"曹操笑说："文和（贾诩的字）的计谋，正合我的心意啊！"一边派人送信答应和战，一面搭起浮桥，摆出退军的架势。

马超得到回信，知道曹操诡计多端，为防意外，便和韩遂商定，两人轮流调兵，一个防备曹操，另一个防备徐晃；第二天又换过来。曹操得知，觉得时机到了。

当轮到韩遂领兵防卫时，曹操带将士出营，一字排开，自己一个人骑马出到队前，请韩遂出阵说话。韩遂见曹操没穿衣甲，也没带武器，便也轻装单马出来相见。两人马头相交，面对面地说话。曹操面带笑容说："我和将军父亲同时举为孝廉，我曾经把他当做叔父辈敬事他。一晃多少年过去了。将军今年妙龄多少？"韩遂答说四十岁。曹操又叙说往年在京城中，青春年少时的许多往事，并不提到军情，态度极为亲切和蔼。说完，大笑不已。谈了大约一个多时辰，才各自回营。

马超得知，忙问韩遂，都谈些什么，韩遂便略略提了一下。马超见没谈战事,心中起疑，也不说话，回去了。

曹操回寨，又采用贾诩的计策，亲笔写了一封信给韩遂。信中凡是关键的句子全用毛笔涂涂改改，然后封了，派人送去。

韩遂正在看信，马超得知，心中更加疑虑不定，来韩遂住处要信看。马超看见信上有很多地方都改过了，或是涂掉了，便问韩遂是怎么回事；韩遂说：“原信这样，不知怎么回事。”马超说：“哪有把草稿当正信送给人的？想必是叔父您怕我知道详细情况，先已涂改过了。”韩遂也觉得莫名其妙，说：“是不是曹操错把草稿封送来了？”马超反驳说：“我不相信。曹操是个精细人，怎么会有差错？我和叔父合力杀贼，叔父怎能生二心？”韩遂急得表白说，来日要捉住曹操，证明自己的清白。

不料第二天对阵时，曹操叫曹洪带十来个骑兵上前和韩遂相见，走近了，曹洪说：“昨夜丞相对将军说的话，千万不要有失误。”说完就走。躲在门影里的马超听了大怒，上来就用枪刺韩遂，两人翻了脸，几乎在阵上砍杀起来。回到营中，两人立即分营扎寨，互相防备，反目为仇。韩遂的部将杨秋便极力劝说韩遂投降曹操。韩遂同意了，于是与曹操约定当天晚上举火为号，里应外合，攻杀马超。

没想到这事做得不机密，被马超知道了，他趁夜色昏黑，带马岱、庞德领兵偷袭韩遂，展开了一场混战，自相残杀。曹军也从四面八方追杀过来。直到天亮，马超损失惨重，只剩三十多残兵突围而出，往陇西临洮逃去。

曹操亲自率兵追击，追了好远才收兵回长安，便传令在

长安休整，授韩遂西凉侯的职位。杨秋等降将都封列侯，命把守渭口。凉州参军杨阜来见曹操，认为马超有吕布般勇猛，而且深得羌人之心，如不乘势追剿，将成国家的后患。曹操说，中原多事，南方未定，故不能久留这里；要杨阜着意防守，阻挡马超。

将领们都纷纷来问，最初守潼关，又北渡固守，是什么计策？曹操说，把兵力调守潼关，敌人全部南守，河西不设防，所以徐晃能乘虚分兵渡过渭河；挖甬道，筑土城，是故意示弱，以骄慢敌心；然后巧施反间计，以迅雷不及掩耳之势攻破敌兵。将领们又问，为何听说敌人增兵了反而还高兴？曹操说，是因为敌首平时散居边远地区，一旦聚在一起，用心不齐；人越多，越易施离间计，所以高兴。将领们听了，一个个佩服无比，都称赞曹操神机妙算。

曹操得胜回朝，天子排銮驾出城相迎，并赐给他“赞拜不名，入朝不趋，剑履上殿”的殊荣。

误焚《新书》

曹操大破西凉兵，收复关中地，震动天下。汉宁太守张鲁一直想自封汉宁王，这时他怕曹操接着就要来攻汉中，于是想抢先一步，攻取西川四十一州作为基地，然后称王，进而图霸天下。

益州牧刘璋是汉鲁恭王的子孙、刘焉的儿子，听说张鲁来犯的消息，急聚文武百官商议对策。别驾张松提出，准备进献礼品送往许都，劝说曹操起兵攻取汉中，这样便可以挡住张鲁的进攻。刘璋便收拾金银珠宝作为贡物，派张松作使者前往许都。

张松来到许都，在馆驿中住下，天天去相府伺候，请求拜见曹操。曹操自从攻破马超回都，志满意得，傲视一切，每天都举行宴会，饮酒为欢，没事就不出门，国事全都在相府商议。因此，张松一直等了三天，侍从们受了贿赂，才把姓名通报上去。

曹操坐在大堂上，张松拜见。曹操问他：“你主人刘璋好几年没来进贡，是为什么？”张松答道：“因为路途艰难，强盗经常出没，不能正常通行往来。”曹操斥责道：“我早就扫清了中原，哪来的强盗？”张松辩驳说：“南有孙权，北有张鲁，西有刘备；最少的也有十多万兵马，怎能说是太平呢？”

曹操见张松生得窄脸尖头，鼻陷齿露，身材矮小，形貌猥琐，声如铜钟，一开始就很不快活；现在又听到他说话冲撞，含着讽刺，更加不高兴，站起来一甩袖子，转进后堂去了。左右侍从责备张松说："你做使者，怎不懂礼，一味冲撞？幸亏丞相看在你远道而来的份上，不加罪责。你还是赶快回去吧！"张松笑着说："我们西川没有谗佞小人！"却听见阶前有人大声呵斥道："你西川不会谗佞，难道我们中原就有谗佞小人了吗？！"

张松回头观察说话的人，见他细眼修眉，皮肤白皙，神情清朗；问他姓名，原来是太尉杨彪的儿子杨修，现在是丞相门下掌库主簿。张松知道杨修是个博学多才、能言善辩的人，便有心想难一难他；杨修也自以为多才能辩，便看轻天下才士。当下见张松语含讥讽，便邀他到外面书院中，分宾主坐下。杨修说："蜀道崎岖难行，你远道而来，一定十分辛苦。"张松说："奉主公之命，即使赴汤蹈火也不敢推辞。"

杨修便问："蜀中风土怎么样？"张松从容回答说："蜀是西郡，古称益州。路途数锦江最险，地盘是剑阁最雄。来回有二百八十里程，方圆三万多里。村村鸡犬之声相闻，处处市井集镇不断。土地肥沃，从无水灾旱情的忧虑；百姓富裕，常有管弦乐曲的欢乐；物产丰富，堆积如山。天下没有一处能比得上它！"

杨修又问："蜀上人物怎么样？"张松又侃侃而谈："文有司马相如那样的赋才，武有伏波将军那样的勇将，医有张仲景那样的杰出医术，卜有君平那样的神秘隐术。三教九流，优秀的人才不计其数！"杨修进一步问道："刘季玉（刘璋的字）手下像先生这样的还有几个？"张松昂然答道："文武全才、智勇兼备、忠义慷慨的志士，可以用百计算。像我这样无能的人，车载斗量，多得无法数清。"杨修又问他是什么职位，张松也回答了。

然后张松又反问杨修是什么职位。听到回答后，张松不屑一顾地说：“我早已听说先生世代贵族，为什么不去朝廷辅佐天子，却来相府做一个卑微的小吏呢？！”

杨修听了，满脸羞惭，勉强笑了一笑，说是在丞相手下颇受重用，也能常受丞相教诲，所以任这职位。张松于是把曹操嘲笑一通，说他文没有孔孟之道，武没有孙吴之机，怎能教诲别人？杨修认为张松生活在边远地区，不了解曹操的大才，便叫侍从去取来一卷书，给张松看。

张松见书上题为“孟德新书”，也不说话，翻开来从头到尾看了一遍，一共十三篇，谈的全是用兵的要义。张松看完，问杨修：“先生以为这是什么书？”杨修回答说，是丞相仿照《孙子十三篇》作的，书写得才华横溢，足可流传后世。张松大笑起来，说：“这书我蜀中连三尺儿童都能背诵，怎能叫‘新书’？这是战国时无名氏写的，曹丞相偷来据为己有，也只好骗骗你而已啊。”杨修不信，说是曹操虽然已经写成，但一直秘藏相府，从没拿出去过，先生却说儿童都能背诵，你哪能这样欺诈呢？张松便说要背一遍给杨修听。于是将《孟德新书》十三篇，从头到尾背诵一遍，杨修对照书上，见没有错一个字。杨修大吃一惊，赞叹说：“先生过目不忘，真是天下奇才啊！”

张松离开后，杨修立即来见曹操，问道：“刚才丞相为什么怠慢张松呢？”曹操说他言语不逊，故而不高兴。杨修便指出，当年丞相还能容一个祢衡，现在为什么容不下张松？曹操认为祢衡是天下有名的才子，文章流传至今，所以不忍心伤害他；张松有什么才能呢？杨修便极力为张松辩解，说他口才相当出众，而且博闻强记，世所罕见。接着，杨修便对曹操说了刚才发生的事情。曹操听了，疑惑不已，

心中暗自猜想，以为是古人和自己见解暗中相合。这么一来，他便觉得没有再留那书的必要了，立刻下令，叫人把一卷书全部点火烧毁。

第二天，曹操和张松一同来到西教场。曹操点起五万雄兵，列在教场上，要叫张松看看自己的军威。阵势摆开，果然盔甲鲜明，衣袍灿烂，金鼓震天，戈矛林立，队伍齐整。

可是张松只是斜眼相视，全不放在心上。好久，曹操才问张松，西川中是否见到过如此英雄的人物？张松回答说："我们蜀中以仁义治国，从没见过这些兵马。"曹操变了脸色，直瞪着他；杨修也用眼光向他示意。可是张松毫不畏惧，傲然站立。曹操厉声说："我视天下都如草芥而已，大军到处，攻无不克，战无不胜，顺我者生，逆我者死，你知不知道？"张松扫了曹操一眼，针锋相对地回答说："丞相大军到处，战必胜，攻必克，这我一向知道。过去濮阳攻吕布时，宛城战张绣时，赤壁遇周郎，华容逢关羽，割须弃袍在潼关，夺船避箭在渭河，这都是丞相天下无敌的胜利时刻啊！"

一席话，触及了曹操内心深处的好几块伤疤，顿时，曹操震怒不已，喝令侍从将张松推出去斩了。杨修急忙劝止，荀彧也上来劝阻。于是曹操免他一死，命军士一顿乱棒打出去。

原来张松来许都，是怀有个人目的的。他见刘璋禀性暗弱，不能任贤用能，加上北边张鲁时刻都会来侵犯，蜀中百姓人心涣散，因此画了西川地理形势图，准备献给曹操，作为自己晋升的资本。没想到曹操非常傲慢，目中无人，所以他打消初衷，同样傲慢地离开了许都。

这次怠慢张松，使曹操失去了一个进取西川的机会，反给刘备提供了时机。张松在回川路上，赵云受诸葛亮派遣半路去迎，将张松接去款待了三天。临走前，张松被刘备的热情友好所感动，主动献出了西川地图。

回到蜀中后，张松又劝说刘璋迎刘备进川。这就为刘备后来占据西川，做好了必要的铺路工作。

晋爵魏王

曹操在许都，威望一天天增高。长史董昭进言：“丞相功高，远远超过周公、吕望，三十多年来栉风沐雨，为国除害，不可和一般朝臣同等看待，应当受‘魏公’的封号。”这个建议一提出，便有许多朝臣纷纷附和，形成了一股强大的呼声。唯独荀彧表示反对。他认为曹操应当秉志忠贞，谦退守节，以汉室为重。

曹操听到荀彧的说法，勃然大怒，认为荀彧别有用心，渐渐便对他有了戒备之意。董昭说：“怎能因为一个人的意见就断了众人的企望呢？！”于是上表给献帝，请尊曹操为魏公，加九锡。

荀彧对此感慨不已，不由自主地说道：“我没想到今天会是这样！”曹操听说了，深深痛恨荀彧，以为他不会再出力辅助自己了。

建安十七年（公元212年）冬十月，曹操兴兵征讨江南，便命荀彧随军出征。荀彧也深知曹操怀疑自己有二心，随时都有可能对自己下手，时时思虑应付的办法，一下子忧惧成疾，形销骨立，行至寿春，他病倒了，便留了下来，没和大军一道继续南下。一天，曹操派人送来一盒食物，盒上有曹操亲手写的封记。荀彧打开看时，里面什么也没有。他猜测这意思，认为是曹操要自己绝食自杀，便服毒而死。死时，刚五十岁。他的儿子荀恽立即发信给曹操。曹操得知，懊悔不已。命厚葬荀彧，谥号为“敬侯”。

曹操大军来到濡须（今安徽无为县），先派曹洪领三万军马去江边探哨，回报说，对江沿岸有无数旗帜。曹操放心不下，亲自领兵前进，在濡须口摆开军阵，然后领着一百多人上到高坡，遥望江上战船。只见那些船只依序排开，队形井然有序，五色旗帜在风中飘扬，兵器林立，在阳光下闪亮鲜明；正当中主战船上，竖着一顶青罗伞，伞下端端正正坐着孙权，文武百官侍立左右，一派端整肃严气象。曹操看到这些，心中感触万端，情不自禁地举鞭指着对面说：“生子应当像孙仲谋！像刘景升的儿子，不过是猪狗而已啊！”

突然一声巨响，南岸的船只一起飞奔过来，濡须坞里又冲出一支兵马，攻杀过来。曹军节节后退，曹操喝止不住。正混战时，突然又有上千骑兵赶到山边，领头那人碧眼睛，紫胡须，正是孙权！曹操大惊，赶忙回马，许褚在身边纵马舞刀，敌住对方，曹操才得以脱身回寨。

当天晚上半夜时分，寨外呐喊声一片，四下里火光冲天，吴兵闯进寨来。一场混战，杀到天明，曹兵只好后退五十里下寨。曹操心中闷闷不乐，坐在寨中看书，程昱建议退兵，曹操没有回答。

程昱出去后，曹操感到困倦，便伏在几案上睡着了。忽然听到涛声汹涌，似乎是万马在奔腾，曹操赶紧起身看时，却见长江中心升起一轮鲜红的太阳，光芒四射，再看看天上，又有两轮太阳当空照耀；忽然江心那轮太阳腾空飞起，直扑到寨前山谷中掉下去，那落地声像是打了个惊雷，震撼人心。曹操猛然惊醒过来，原来是在帐中做了一个梦。

帐前军士报告说，现在正是中午时分。曹操立即叫人备马，带上五十多个随从奔出营寨，来到刚才梦中见到太阳掉落的山边。正在察看时，却见远处过来一批人马，走在最前

面的戴金盔，穿金甲，正是孙权。孙权见到曹操，停住马，不慌不忙，用鞭指着曹操说："丞相坐镇中原，富贵到了极点，为何还贪得无厌，要来侵犯我江南地？"曹操答道："你作为臣民，却不尊崇朝廷；我奉天子诏令，特地来讨伐你！"孙权笑道："这话好不害臊！天下人谁不知道你挟天子令诸侯，我并不是不尊崇朝廷，而正是要讨伐汉贼，扶正国家！"曹操大怒，喝令将士前去捉拿孙权，却听到一声炮响，山背后冲出孙权的四员大将，带领三千弓箭手，一时箭如急雨一般射过来。曹操连忙回马，返回营寨，一边暗自思忖：孙权不是个等闲之辈，红日之兆，是否预示着他以后一定成为帝王呢？于是心中便有了退兵的念头，又怕东吴耻笑，故而进退不决。

两军又对峙了一个多月，交战几场，有胜有败。到第二年正月，春雨连绵，水沟都涨满了水，士兵大多在泥水中行军作战，十分困苦。曹操对此非常焦虑，与众谋士商议下一步如何行动，谋士们纷纷表态，却意见不一。曹操依然犹豫不决。正在这时，东吴派使者送上孙权的书信，曹操拆开，见信上写着："我和丞相都是汉朝臣子，丞相不思报国安民，却妄动干戈，残害生灵，岂是仁人的作为？现在春水四漫，丞相应当迅速离去，如果不走，会再遇赤壁之祸的。请好好考虑考虑吧！"信的背面又写着两行字："足下不死，孤不得安。"

曹操看完，哈哈大笑，说："孙仲谋不欺我啊！"于是重赏使者，下令回兵许都。孙权也收军回吴。

建安十八年（公元213年）五月，献帝以冀州十郡为封地，封曹操为魏公，以丞相兼领翼州牧，加"九锡"表示荣宠。从这开始，魏国初步建立，设置丞相和群臣百官，并制定一套完整的官制。汉帝国已名存实亡了。这一年，曹操又把三个女儿送进宫中做贵人，进一步控制了汉献帝。

又过了没多久，一些朝臣纷纷建议，要尊曹操为"魏王"。中书令荀攸说："不行啊。丞相已是魏公，位高之极，如今要升王位，于理不合。"曹操听说了，忿忿地说："这人想效仿荀彧吗？！"荀攸知道后，忧愤成疾，卧病不起，十几天后便郁郁而死。曹操厚葬了他，暂时放下晋封"魏王"的事。

两年后，曹操以谋反罪诛杀伏皇后，立次女曹节为献帝皇后。时为建安二十年（公元215年）正月。

这一年三月，六十岁的曹操统兵征伐占据汉中的张鲁。从三月一直到七月，曹操率大军历经多次战斗，艰难跋涉，才到达汉中的门户阳平关。张鲁据关坚守，曹操一时难以攻下。这时，曹军将士伤亡严重，军粮短缺。曹操当机立断，打算回兵，以免造成更大损失。没想到前军误入敌人一个重要营垒，便乘夜袭击，于是曹操得以趁机抢占了阳平关。张鲁把仓库封存好，然后退入巴中。曹操轻而易举地到达南郑（今陕西汉中），一见仓库完好，粮食珍宝俱在，不禁深为感动。

占领汉中之后，主簿司马懿建议曹操，乘刘备远征江陵未还，迅速进取巴蜀。曹操没有采纳，只是深有感慨地说："人心就苦于不知足，既得陇，又望蜀，还是算了吧！"此时，孙权正出动十万大军围攻合淝，而合淝守军才七千多人，情况紧急，要是合淝保不住，后果是非常严重的，不能为了益州而丢失全局。于是，曹操在当年十二月，决定率大军回兵，以夏侯渊为都护将军，领张郃、徐晃镇守汉中，以丞相长史杜袭为驸马都尉，留督汉中事务。

建安二十一年（公元216年）五月，朝臣们又纷纷上表，奏请献帝，歌颂魏公曹操功德无量，光天耀地，应晋爵为魏王。尚书崔琰极力表示反对，认为于理不合。朝臣们说："你没看见荀文若的结局吗？"崔琰非常愤怒，说："这难道是天命如此吗？以后定会发生变故的！"有人告知曹操，曹操震怒，把崔琰收在狱中。不久，又处死了他。

献帝当即命钟繇起草诏书，册立曹操为魏王。曹操故意上书给献帝，推辞不受；献帝又下诏书，不同意。这样往复了三次，三次都没得到允许。于是，曹操便拜受"魏王"的爵位，心安理得地戴上了王冠。他出入都乘金银车，冕十二旒，驾六匹马，使用帝王的车服銮仪，又在邺郡盖魏王宫，然后与朝臣商议立世子的事情。

权势无以复加的曹操，已是不是皇帝的皇帝了。可是他仍然东征西伐，身先士卒，继续着他的霸王梦。

议立太子

曹操受封魏王后，立谁为魏太子，便提到议事日程上来了。原先，曹操一直在立嗣子的问题上犹豫不决，因为太难抉择了。

曹操有好几个儿子。长子曹昂当年征讨张绣时，不幸战死在宛城。小儿子曹冲聪慧过人，深得曹操喜爱。曹冲十三岁时，东吴进贡一头大象，文武大臣谁也无法知道它的重量，根本没办法称。曹操下令说，无论谁，只要称出大象的重量，赏赐千金。可是好几天过去了，仍然没人能想出一个好办法。出人意料的是，曹冲对父亲说，他能称。他们来到河边，命军士把大象牵到事先准备好的一条大船上，船身立即往下沉了一些；曹冲便叫人在船身外边吃水线上用笔划上记号，然后把大象牵回岸上，再叫士兵往船上搬大大小小的石头，船身便又往下沉了；等到那原先的记号与水面平齐时，便停止搬运石头，然后把这些石头分别放到秤上称，石头重量的总和当然也就是大象的重量啦！曹操对曹冲的聪明睿智十分欣赏，有心要立他为嗣。可是，这位爱子不久后却不幸染上疾病，夭逝了。这是建安十三年（公元208年）的事情。

现在，曹操还有四个儿子，即曹丕、曹彰、曹植、曹熊，都是卞夫人生的。他先废黜丁夫人，立卞夫人为魏王后；然后再来思索立太子的事。四个儿子中，曹操对他们都

有较符合实际的评价，说曹丕深沉早熟，说曹彰黄须猛将，说曹植任性而行，说曹熊平庸随流。

曹操本来也有些喜欢曹彰，但曹彰只想纵横天下，不爱读书；曹操觉得他只能做一个很好的将帅，却缺乏一个政治家的头脑。后来又宠爱曹植，认为他才思横溢，文采斐然，诗文俱佳。曹操身为诗人，当然十分欣赏曹植的敏慧和才华，有好几次想要立他为嗣，可是曹植性情率直，诗酒放诞，聚集在他身边的谋士们，如丁仪、丁廙、杨修、贾逵，都才华出众，又恃才傲物，但不一定是治国安邦的能臣，曹操对他们有点不放心。再就是曹丕了。曹昂死后，曹丕为长，从小就很深沉温雅，五岁开始习武，经史子集、诸子百家也都熟读过，是个文武全才，他虽然不及曹植颖慧多才，但他身边的谋士贾诩、毛玠、刘晔、吴质等人，都被曹操看作是定国安邦之才。因此，最有资格角逐太子的，只有曹丕和曹植两人了。

一次，曹操和黄门侍郎丁廙在王宫中谈论《尚书》，说到人才问题，曹操便要丁廙谈谈对曹丕和曹植的看法，丁廙便侃侃而谈："临淄侯（曹植）天性任孝，直率聪慧，同辈人没有谁能超过他。天下的有识之士都愿和他交游，为他效力；上天把他赐给魏国，实在是魏国的福分。"曹操十分高兴，说："平心而论，我比较喜欢子建（曹植的字），很想立他为嗣，你看怎么样？"丁廙内心十分激动，可是语气却显得非常平缓冷静，说："知臣莫如君，知子莫如父。大王圣明如此，所作的决定必定上应天命，下合人心。"曹操对这些话十分赞许。

曹植知道父亲的意向后，高兴异常。为了让曹植进一步取得曹操的宠信，杨修便在每次曹操召曹植之前，揣摩曹操的意图，把可能要问到的题目，做好答案悄悄传递给曹植，让他准备充分。起先，曹操对曹植在一些政治、军事上的问题能对答如流感到惊喜；后来曹丕暗中查访，知道实情后，让侍从把“答教十条”偷来送给曹操，曹操非常生气，严厉地训斥了杨修一顿，对杨修开始不满，对曹植也有点失望。

曹丕为了能够争到嗣位，常和他的谋士们商量对策。为了遮人耳目，瞒过精明的父亲，他派心腹侍从去接吴质，进宫门前，让吴质躲进车中预备好的一只圆形大竹筐里。丁仪在宫门口看见竹筐，心生怀疑，便密令小侍从跟踪查看，小侍从在曹丕的书房里看见吴质从筐中出来。丁仪立即告知杨修，杨修又秘密报知曹操，曹操来不及查对，有些将信将疑。曹操的宠妃王昭仪迅速把这情况传递给曹丕，曹丕又立即同吴质商量对策。第二天，当那辆放着大竹筐的车子又驶进宫门时，杨修很快报告曹操，曹操立即下令搜查，一旦查出有人，无论是谁，就地处死！可是士兵们打开筐子翻看时，里面却是些绢绸品。曹操严厉地望着杨修，虽然没有处罚他，却逐渐失去了对他的信任；而且，曹操也猜到了，这一事件背后还有更为复杂严重的问题。

有一天，曹操召来曹丕和曹植，让他们从邺城的东门和西门出去，到铜雀台取一对龙虎剑回来。然后又秘密传命守城的士兵，遇到曹丕、曹植不准放行！曹植忙去请教谋士们，杨修说：“奉王命办事，若有人阻挡，就杀掉他。”曹植认为说得很对，不假思索，骑马往西门飞奔。在城门外，他果然受到守城士兵的阻拦。他毫不迟疑抽出佩剑，杀死守城吏，一刻不停地跑出西门，直奔铜雀台，取出龙虎剑，又快马加鞭回到魏王宫。而曹丕却正好相反，他猜想父亲这个命令一定包含着某种用意。来到东门时，他也受到守城吏的阻拦，并说是魏王下令不准放行的。仅仅为取一对宝剑，竟然派出两个儿子，这已令人奇怪了；现在又有士兵阻挡，同是王命，如何处置呢？曹丕沉吟了一会儿，走到守城吏身边，问是什么时候下的命令，守城吏说：“刚才许褚将军来传达的，他要我告诉你，不许放行的命令在后，不可越轨行事！”曹丕立即拨转马头，空手跑回王宫。曹操在对比中，觉得曹丕遇事善思，仁厚宽爱，而曹植虽然果断干练，却未免轻率任性，有失仁者风度。作为一个守成者，似乎还是曹丕较合适。

又有一次，曹操出兵远征，几个儿子为他送行。曹植口若悬河，称颂父王功德，祝愿征战顺利，出口成章，很见才华；可是曹丕却采用贾诩的计谋，与父王告别时，什么话也不说，只是默默地流泪拜别，周围的人也都受到这一情绪的感染，感伤不已，曹操也被带进了这种哀伤怅惘的气氛中。事后，曹操便觉得曹植乖巧、虚华，不像曹丕诚实、仁厚。

曹丕又买通了曹操的左右侍从，要他们伺机在曹操面前称颂自己的仁德。曹操的宠妃王昭仪，也时常出来为曹丕唱赞歌。更幸运的是，曹丕的儿子曹叡已经十一岁了，聪明伶俐，曹操非常疼爱。

出于对曹植的偏爱，曹操给他增邑五千户，成为为数极少的万户侯之一。受封那天，曹植因为高兴，喝醉了酒，觉得心中郁闷难受，便命侍从备车，要出去兜兜风。他迷茫恍惚中，没有注意到车夫驾车竟走上驰道，他全忘了这是违犯宫中禁令的；马车一直走到司马门，冲了出去。第二天，曹操得到报告，不禁大怒，下令处死了守门的公车令，又对曹植严加训斥，责备他轻视君父之命，公然违犯宫中典章制度，擅开司马门私出，令人无法容忍。曹植酒醒了，痛悔不已。因为这一次失误，他在父王心目中的地位一落千丈。他不知道，这场奇祸是曹丕一手造成的。曹丕通过宠姬郭夫人，买通了曹植的车夫，趁曹植醉意蒙眬时，故意驱车走驰道，私闯司马门，断送了曹植的前程。

尽管如此，曹操仍然踌躇不定，不知到底应立谁。一天，他问中大夫贾诩说："我想立嗣，你看该立谁？"贾诩似乎没有听见，低头不说一句话。曹操又问了一遍，贾诩仍然不回答。曹操很奇怪，问他是怎么了。贾诩这才抬起头，从容说道："刚才我正在想一些往事，陷入沉思，所以没来得及回答。"曹操好奇地发问："先生刚才想起什么往事了？"贾诩十分含蓄而又十分简短地回答说："我想到了袁本初父子和刘景升父子。"贾诩这番言行，是在巧妙地引起曹操注意，暗示曹操，要吸取袁绍、刘表嫡庶不分、废长立幼，导致兄弟反目、葬送霸业的历史教训。

曹操对此深有感触，在会意的笑声中，他决定了这件一直悬而未决的大事：立曹丕为魏国太子。

忌杀杨修

建安二十二年（公元217年）冬天，刘备出兵争夺汉中。曹操本来想立即亲自率兵前往迎敌，又怕坐镇荆州的关羽从东边发动进攻，同时又预感到许都有可能发生什么事，所以只好坐镇邺城，派曹洪领五万兵马去协助夏侯渊、张郃，同守东川，命夏侯惇领三万兵马在许都城内外往来巡逻，又命长史王必统领御林军马，屯扎在许都东华门外。

果然不出曹操所料，金祎联络耿纪、韦晃等人，在正月十五元宵节夜晚，趁许都灯火通明、烟花灿烂的时候，聚合几家的家仆七八百人，发动了一场政变。他们放火烧了王必的军营，又在城中到处放火，呐喊着要杀曹操、扶汉室。帝宫五凤楼也被烧着了，献帝躲进深宫，战栗不语。在城外五里屯扎的夏侯惇望见火起，急领大军前来作战，混杀到天亮。金祎在混战中被杀死，耿纪、韦晃被活捉。

王必迅速把情况报告曹操，并请求处分。曹操立即传下命令，将叛乱者连同宗族老小押赴市曹处斩，并嘉奖王必。耿纪临刑前，叫着曹操的名字骂道：“我生不能杀你，死了也要变作厉鬼，叫你不得安宁！”韦晃跪在地上，用头撞地面，连连叹气，说：“可恨！可恨！”

夏侯惇监斩完毕，便将朝中大小官员押送到邺城，听

候曹操处置。曹操让百官站立在教场上，竖起两面旗帜，红旗在左，白旗在右，命令那晚参加救火的站在红旗下，闭门不出的站在白旗下。很多官员自以为救火的一定无罪，便都奔往红旗下站着，只有约摸三分之一的人站在白旗下。曹操便叫兵士将红旗下的官员拿下处斩，官员很不平，都纷纷申述自己无罪，曹操却说："你们当时的想法，并非救火，实在是要助桀为虐，趁火打劫！"命人将他们全部押到漳河边杀掉，死了三百多人。那些站在白旗下的，曹操全给赏赐，并让他们回许都。王必因为那晚受了箭伤，箭疮发作死了，曹操命人厚葬了他。然后让曹休统领御林军，钟繇为相国，华歆为御史大夫，赐爵封官，朝廷又更换了一大批人物。

安定许都后，曹操便又考虑出征的事。建安二十三年（公元218年）秋七月，曹操亲自率领四十五万大军经长安入斜谷，进驻南郑，准备与刘备一决胜负，争夺汉中之地。

途经蓝田时，曹操带百来个骑兵，来到蔡邕庄上，看望老朋友蔡邕的女儿蔡琰。蔡琰十六岁时被北匈奴掳去，曹操怜惜她的出众才华，用千金将她赎回，配给董祀做妻子。蔡琰听说是曹操来到，连忙出门迎接，恭恭敬敬迎进堂上，侍立在旁。曹操谈笑间，看见壁上挂着一幅碑文图轴，便详细地观赏起来。蔡琰解释说，和帝时，一个名叫曹娥的十四岁少女，为了救出落入江中的父亲，跳到江里，五天后背着父亲浮到江面上；当时上虞县令表奏她为"孝女"，又叫十三岁的才子邯郸淳做文章镌刻成碑来记叙这件事。蔡邕听说后赶去看碑文，不料天已黑了，看不见字，便用手摸着读；读完后用手写下八个大字在碑的背后，后来便有人把这八个字

刻下来。

曹操听完这个故事，非常感兴趣地读着图中八个字："黄绢幼妇，外孙齑臼。"他读了不懂，问蔡琰是不是知道它的含意，蔡琰说："虽然是父亲的文字，我却不知是什么意思。"曹操回转身，看看众谋士，问他们有谁知道这句话的意思，大家面面相觑，只有主簿杨修说能解其中含意。曹操让他先别说。

告辞蔡琰后，大家骑马离庄，走出三里多地，曹操忽然省悟过来了，却不说出，要杨修解释给他听听。杨修说："这是谜语，黄绢是有色的丝，幼妇是少女，外孙是女儿的儿子，齑臼是装辛菜的器具，合起来是'绝妙好辞'四字。"曹操赞许地说："对极了，和我想的一样！"众人都惊羡杨修的才思敏捷。曹操虽然口中称赞，心里头却隐隐有些不快。

曹军在阳平关与蜀军相遇，刘备命义子刘封出战。曹操在阵前大声叫道："卖鞋的小子！你派假儿子迎敌！我要是叫我的黄须儿来，管教你的假儿子变成肉泥！"刘封大怒，上来直奔曹操，张飞、赵云、黄忠各领一支人马四面冲出，曹军抵挡不住，退到斜谷界口，迎面遇上曹彰领兵来到。曹彰自小不好读书而好弓马，立志学卫青、霍去病，立功战场。他披坚执锐，不久前领五万兵马征讨代郡，临行时，曹操告诫他说："在家是父子，受命则是君臣；法令是不徇私情的，你可要谨慎行事！"曹彰到代郡后，身先士卒，勇猛顽强，迅速平定北方，然后领兵来此助阵。

曹操见是曹彰来到，大喜过望，说："我的黄须儿来了，刘备死定了。"于是重新与刘备摆开战阵，曹彰出马，和刘封交战，只打了三个回合，刘封便惨败退回。曹兵正要掩杀过去，刘备那边马超领兵前来援助，三军混战，难决胜负。曹操收兵在斜谷界口驻扎。

驻扎时间一久，曹操便有些矛盾了。想要进兵，却被精锐勇猛的马超所部挡住；想要回兵，又怕被蜀兵耻笑。正在犹豫不决时，厨师送来一大碗鸡汤，曹操看见有块鸡肋，心有感触，陷入沉思。正好夏侯惇进帐来问夜间口令，曹操便随口说道："鸡肋！"夏侯惇传令下去，军中都在说"鸡肋"、"鸡肋"。杨修听到了，就吩咐侍从收拾行装，做好回兵的准备。

有一个士兵将这件事报告给夏侯惇，夏侯惇十分惊讶，便来问杨修，为什么要收拾行装，杨修解释道："从今晚的号令，就知道魏王快要退兵了。鸡肋这东西，吃吧又没什么肉，扔了又有点可惜。现在我军进退两难，进不能胜，退怕人笑，在这地方毫无益处，还不如早点回去；所以，来日魏王肯定要回师了。我叫人收拾行装，是怕临时慌张，来不及准备。"夏侯惇听了，十分佩服，说："先生真是懂得魏王的心事啊！"于是也回到自己帐中，叫人收拾行装。这么一来，营寨中准备退兵的消息在大小将领中全传开了，一个个都收拾行装来。

当天夜里，曹操为是进是退的难题搅得心烦意乱，睡不着觉，便拿着一柄钢斧，一个人出了军帐，在寨中巡视行走。来到夏侯惇寨中，看见军士们纷纷在打点东西，口中还嚷嚷的，曹操大吃一惊，急忙回到中军帐，命人叫夏侯惇来询问缘故。夏侯惇便说是主簿杨修已知道魏王将归的意向。曹操便召来杨修，问他如何知道，杨修便把"鸡肋”的意思说了。曹操听了，勃然大怒，呵斥道：“你怎敢造谣惑乱军心！”当下喝令刀斧手将杨修推出去斩了，将首级挂在辕门外号令示众。

原来，杨修因为聪明过人，恃才狂放，已经好几次触犯了曹操的忌讳。曹操当初曾修造了一座花园，造好后，曹操去察看，对造得是好是坏没有表态，只是拿笔在门上写了一个“活”字就走了。工匠们都不知道这是什么意思。杨修经过时看见了，指点道：“‘门’里加‘活’，是‘阔’字，丞相嫌门阔了。”工匠们听了，便又动工把门改小了。曹操来一看，非常高兴，问是谁解了这字的含意的，工匠回答是杨修。曹操口中赞了几句，心里却有点嫉妒。又有一天，塞北进贡来一盒酥，曹操在盒面上写了“一合酥”三字，放在桌上；杨修见了，便拿汤匙和大家一起把酥分吃了。曹操问起原因，杨修从容回答说：“盒上明明写着‘一人一口酥’，我怎敢违背丞相的命令呢！”曹操哈哈大笑，似乎很高兴，心里却相当厌憎他。又一次，曹操白天在床上睡午觉，被子掉地上了，一个贴身侍从赶快上前把被子拾起，重新盖在曹操身上，不想曹操一跃而起，抽剑杀了这个侍从，又回到床上继续睡觉。半晌醒来，曹操故意装出十分惊讶的样子，问是谁把侍从杀了；大家便把实情告诉了他。曹操痛哭不已，叫人把侍从厚葬了。从那时起，人们都以为曹操能梦中杀人；可是杨修却知道真相，临葬时指着尸体说：“丞相没在梦中，在梦中的是你啊！”结果这话又叫曹操知道了，他便更加憎恶杨修。

后来议立太子期间，杨修多次出错。那次听了杨修的密

报，派人搜查竹筐一事，曹操认为杨修有诬告曹丕的嫌疑；曹植斩吏出关，听说又是杨修教的，曹操非常生气，觉得杨修任意摆布自己的儿子；曹植的出色应答，又是出自杨修之手，“答教十条”更是说明杨修的欺诈心机。曹操渐渐形成了一个看法：杨修太过聪明，插手曹家事务也太多，留在身边势必成为隐患。联想到不久前耿纪、韦晃的政变，曹操主意已定：他决不能再容忍类似的事件发生，尤其是可能危及曹丕太子地位、搅乱大局的人和事。于是惑乱军心便成了除掉杨修、消除隐患的一个最好借口。

礼葬关羽

过了几天，曹操还是下达了撤退的命令。临行前，他给刘备写了一封信，说自己当年在赤壁烧船自退，把荆州送给刘备，让刘备有了立足之地，又进而得了西川；十一年后，还准备把汉中送给刘备，问刘备怎样感谢自己。刘备回信说，为了报答魏王的知遇之恩，撤军时不派兵追赶。于是曹操拔寨而起，缓缓回到长安。刘备不费力地占领了汉中全境，两川四十一州全归了他。七月，刘备自立为汉中王。

曹操在邺郡听说刘备自立为王，震怒不已。他采纳司马懿的建议，写了一封信，命满宠为使者，去江东游说孙权发兵，攻取荆州，自己领兵作为呼应，进兵西川。孙权也有自己的谋算。他先派使者诸葛瑾去荆州见关羽，求结两家之好，遭到了刚愎自用的关羽的拒绝；于是他用步鹭之计，派使者去见曹操，要他下令驻守樊城、襄阳的曹仁先发兵攻荆州，自己等关羽出迎曹仁之机占取荆州。曹操回信表示同意。

坐镇荆州的关羽得到消息，先声夺人，举兵北征，与曹仁相遇，打败曹仁，攻占了襄阳城。曹仁退守樊城，向许都请求援兵。曹操便命于禁做征南将军，加庞德为征西都先锋，领七万兵马往樊城救应。有位部将提醒于禁说，庞德旧主马超现在刘备军中，居“五虎上将”之四，他的亲哥哥庞柔也在西川做官，现要是叫庞德做先锋，无异于泼油救火，应及时禀告魏王。于禁听了，连夜进府告知曹操。

曹操立刻反应过来了，叫人唤来庞德，让他交还先锋印。庞德大吃一惊，说：“我正要为大王效力，为什么不肯用我？”曹操便说：“我本来不猜疑，但现在马超在西川，庞柔也在西川，都在辅佐刘备。我纵然不猜疑，可封不了大家的口啊！”庞德听了，脱去帽子，跪拜叩头，额头碰破，血流满面地说：“我自从跟随大王，时时感念大王厚恩，就是肝脑涂地也不能报答，大王怎能猜疑我？我和哥哥在故乡时闹翻了脸，恩断义绝；故主马超有勇无谋，如今各事其主，旧义也绝。还望大王仔细体察这些事。”曹操上前扶起庞德，抚慰他说：“我也一向知道你的忠义，我说那些话也不过是要安定其他人的心。你要努力建功，不要辜负我的期望啊！”

庞德回去后，叫工匠做了一个木棺。临行时，对部将们说，他要和关羽决一死战，如果被关羽杀死，就请把他安置在棺中；如果杀了关羽，也要把关羽的尸首放在棺里，抬回来献给魏王。五百名部将听了庞德的话，无不深深感动，全都发誓拼力相助。于是领兵出发。

有人把这些话告诉了曹操，曹操高兴极了，不住口地称赞庞德的忠勇。贾诩却十分忧虑，认为庞德血气方刚，过于轻敌，必不能取胜。曹操便急忙派人传信告诫庞德，千万不能轻敌，能胜就胜，不能胜就谨慎坚守。庞德不以为然，气盛血旺，对部将们说：“大王为什么这样看重关羽呢？我这一去，定要挫败关羽三十年的声望！”

大军来到樊城外安下营寨，庞德命军士抬木棺出阵，自己与关羽交手。一连几场，两人难决胜负。再交锋时，庞德使出拖刀计，放冷箭射伤关羽；于禁怕庞德夺了头功，忙命人鸣金收兵。此后几天，庞德多次要求趁关羽箭疮发作的当口，合力攻杀敌军，却都被于禁用曹操的话挡回去了。于禁又命七万军马转过山口，离城十里下寨，自己阻拦大路，却叫庞德守在谷后，防备庞德成功。

这时正是八月天，一连下了好几天暴雨；关羽察看地形，见于禁在地势低矮地罾口川屯兵，喜不自禁。他先将荆州兵马全部移到高坡上屯驻，又命军士去襄江上游各条支流的入江口堵水，准备用水淹的办法对付于禁。有部将告诉于禁，要防水攻，被于禁喝退，他便来见庞德。庞德已决定第二天移兵高坡屯扎，可没想到已来不及了。当天晚上，关羽命人决开襄江水，水势浩荡，四面八方往于禁营地淹来，等到天明，关羽亲自乘大船领将士来擒杀曹军。于禁的七万大军大半被淹死水中，剩下的军士随于禁投降，只有庞德拼死奋战，被捉后，不愿投降，死在关羽的手中。关羽将于禁解送荆州，乘水势来围樊城。

关羽水淹七军，擒于禁、斩庞德，威震华夏。消息传到许都，人心惊恐。曹操任命曹植为南中郎将、征虏将军，从长安率军援助曹仁，不料曹植临行前贪杯痛饮，醉酒酣眠，耽误了出征时间。曹操大失所望，震惊之余，立即改变了决定，重新任命徐晃率军援救曹仁，又任命曹彰为越骑将军，镇守长安。

在这期间，曹操因为担心关羽锋芒直逼许都，召集文武百官商议迁都洛阳的事。司马懿进言说，迁都的事不能做，眼下可以派使者去东吴陈说利害，叫孙权暗中出兵袭取荆州，答应他事成之后割江南之地封他，那么樊城之危自然会消解。曹操采纳了这个建议，放弃了迁都的打算，长叹不已，说："于禁跟随我有三十年了，没想到临危时反不如庞德！"

曹操采用司马懿的建议，在垂暮之年，再次亲领大军南征。走到摩陂（今河南郏县东南）传来徐晃击破关羽、已解樊城之危的消息。原来徐晃领着十二营精锐的青州兵，士气高涨，一举攻下了郾城，然后两面连营，用声东击西的战术率精兵攻进敌营，激战中，打败了关羽的步骑兵，荆州一线全面溃败。在徐晃的追击下，许多士兵淹死在汉江里，关羽被迫败走麦城（今湖北当阳东南），樊城之危自然也就解开了。徐晃领兵回到摩陂，曹操亲自出寨，陈兵七里迎接徐晃，在众将士面前称赞徐晃："关羽重重包围，徐公明深入其中，居然大获全胜，孤用兵三十多年，从没敢长驱直入敌人重围。公明真不愧是胆识兼优的将军啊！"他大摆酒宴会聚文臣武将，亲自敬酒慰劳徐晃，称赞他有"周亚夫之风"。又封徐晃为平南将军。

这时，东吴大将吕蒙白衣渡江，用计攻占了荆州。继而派兵围住麦城。十二月，关羽突围途中被吴俘虏，押到孙权营中。孙权爱惜关羽是一世豪杰，有心招降，可是有位将领说起当年曹操恩遇关羽却没能留住的故事，提醒孙权，若不除去，定成后患。于是孙权杀了关羽。接着，他派使者去向曹操报告占荆州、杀关羽的经过，并公开表示向曹操称臣。为了巩固魏吴的联合阵线，曹操上表献帝，奏封孙权为骠骑将军，领荆州牧，封南昌侯，实践了割地封侯的诺言。

第二年正月，曹操刚回到洛阳，才受封的孙权就派人到朝廷上贡，同时把关羽的人头用黑木匣装着，送给了曹操。

曹操当然知道孙权这么做的用意。关羽与刘备义结兄弟，誓同生死，关羽受害，刘备必定会兴兵复仇；孙权献上首级，是要刘备迁怒于曹操，不攻吴却攻魏，他好从中取事。曹操依从司马懿的计策，命人用沉香木刻出身躯，配上关羽的首级，设置牲醴祭祀，用王侯的礼级，把关羽厚葬在洛阳南门外，令大小官员送殡，曹操亲自主祭，赠关羽为荆王，派官员守墓。

孙权还给曹操写了一封信，说他早已知道天命归于曹操，希望曹操早些即皇帝位，派兵遣将剿灭刘备，扫平两川。曹操看过后，哈哈大笑，一边把信传给文武百官看，一边说：“孙权这小子是想让我处在炉火之上啊！”

侍中陈群、桓阶一些人不太懂得曹操这句话的深意，劝曹操说：汉室早已衰微，孙权称臣归降，是天人相应；魏王应当应天顺人，早登大位。曹操笑着摇摇头，有些黯然神伤，叹息说：“我辅佐汉室几十年，虽然有功德于百姓，可是位高为王，名爵已到了极限，怎敢有其他企望？要是天命在我，我也就是周文王了！”曹操此时深感自己年已垂暮，疾病缠身，虽然烈士壮心仍在，可是老天恐怕不能再给他多久的生命了，又何必要把自己放到炉火上去烤呢！还是给儿子们创造条件，让他们去处理身后的大事吧！

魂归洛水

建安二十五年（公元220年）正月，曹操从摩陂回到洛阳不久就染上了重病，头昏目眩，昼夜难眠，神思恍惚。有时一合眼，便见关羽站在面前，似乎要倾诉无限的哀怨；有时候，他又仿佛看见那些被他诛杀的人们，浑身血污，飘荡在愁云怪雾里，来向他诉冤，要他还魂。他的病势逐渐加重，头疼欲裂，无法忍受。遍请天下良医，没人能治好他的沉疴。当药工为他挖药时，树根竟然渗出血来。他感到这是个十分不祥的兆头，死神已经在向他招手了。

这个月的二十三日，病势危重的曹操忽然觉得体内气往上冲，霎时间，眼睛突然模糊一片，什么也看不见。他立即召夏侯惇、曹洪、陈群、贾诩、司马懿等人来到卧榻前，用十分微弱的声音对他们说："孤纵横天下三十多年，群雄都被我消灭了，只剩下江东孙权、西蜀刘备还没被剿除。孤如今病危，不能再和众卿聚首相叙，特地将家事托付给你们。孤长子曹昂，为刘夫人所生，不幸早年战死宛城；卞夫人生了四个儿子：丕、彰、植、熊。孤平生最喜爱第三子曹植，可是他为人虚华少诚实，嗜酒放纵，所以不立他为嗣；次子曹彰，勇而无谋；四子曹熊，多病难保。只有长子曹丕，笃厚恭谨，可以继承我的事业。众卿应当好好地辅佐他！”

曹洪和其他臣僚听了，伤痛不已，不住地涕泣流泪，领受王命。接着，曹操又叫人记下他的遗言：“几年来，我在军中深以为自豪的事，是持法公正，卿等应努力效法。至于平时有些小愤怒、大过失，是不值得效法的。天下尚未安定，不可拘守古礼，我的丧事从简，不要过分铺张。丧礼一结束，就除下丧服。那些驻守各地的将士，都不得擅离营地；各部门的官吏，要像平时一样守职。入殓时只用平时穿的衣服，不得用金银珠宝陪葬。”

他又命贴身侍卫取来平时收藏的天下名香，分赐给众多的侍妾，对她们一一叮嘱道：“我死了以后，你们一定要努力学习女红，织丝做鞋，必要时可以把它们卖了，得些钱来养活自己。”又命她们住在铜雀台中，每天奏乐上香，设祭进食，吊唁自己。最后，他吩咐把自己葬在邺城郊外，同时设置七十二座疑冢，“不让后人知道我的葬处，怕有人知道了来发掘我的坟墓。”

一一嘱咐完毕，曹操长长地叹息一声，眼泪顿时涌了出来，淌满面颊。过了一会儿，便气绝而亡。这一年，他六十六岁。

一代枭雄，就这样逝去了。

周围的文武官员和侍卫、侍妾们，全都悲伤痛哭；哭声传到半空凄寒的北风中，震落了满树大雪，仿佛是大自然也在悲哀地哭泣流泪。

曹洪等人一面迅速派出人马，分别奔赴世子曹丕、鄢陵侯曹彰、临淄侯曹植、萧怀侯曹熊那里报丧，一面用金棺银椁装殓曹操，派士兵连夜出发，护送灵柩去往邺城。

曹丕接到讣告，放声痛哭，几乎昏死过去。他立即穿上

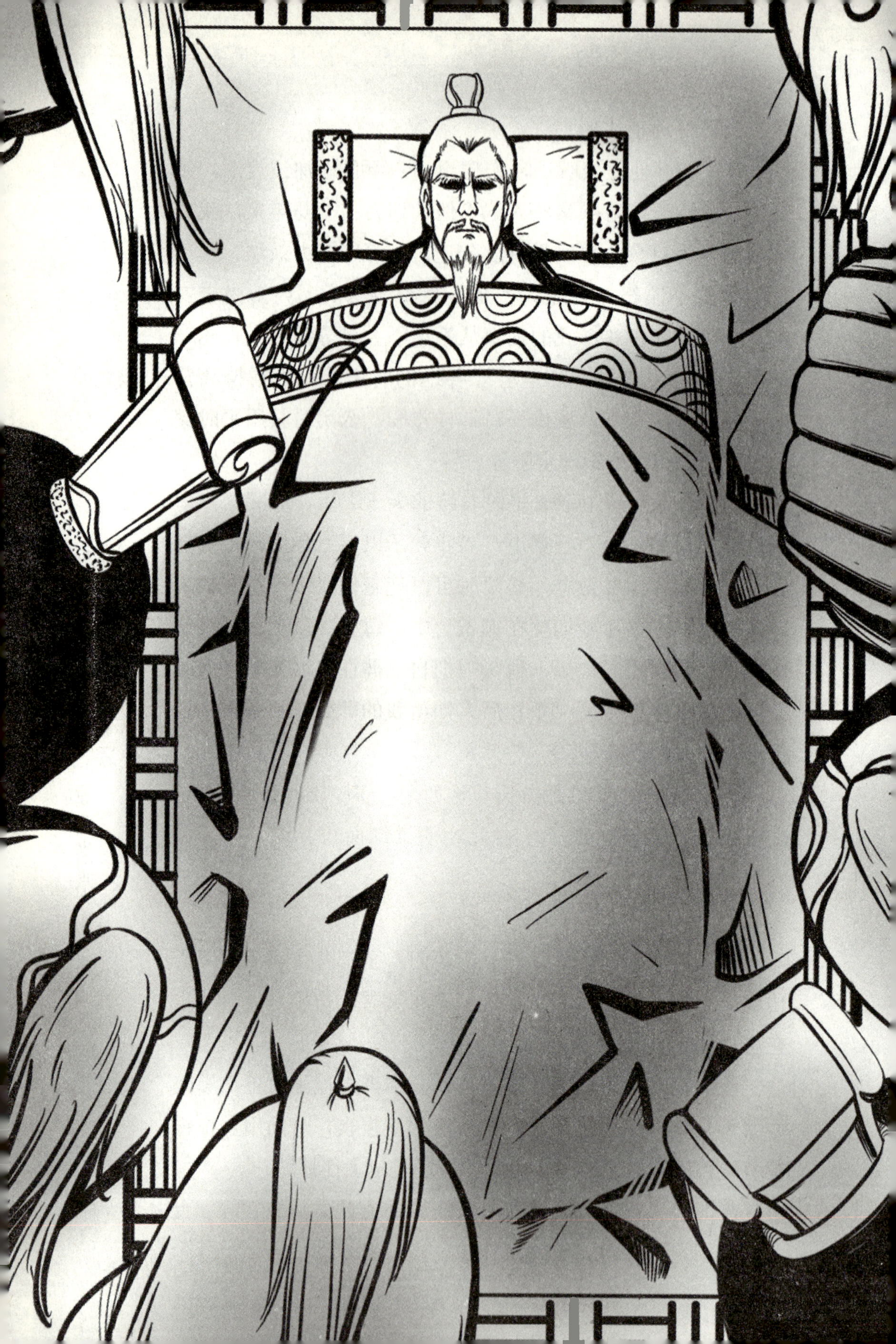

孝服，率领大小官员出邺城，在离城十里的地方等候，伏身在道路两旁，迎接灵柩进城，停在宫中偏殿上。王宫文武百官披麻戴孝，集中在殿内齐声哀哭。

这时，忽然响起一个人冷静而从容的说话声：“请太子节哀，还是商议大事要紧。”大家尽力克制住自己，回头看那说话的人，原来是中庶子司马孚。司马孚望着大家，沉静地说道：“魏王逝世，天下震动，应当早立嗣王，以安百姓之心，为何只顾哭泣不休？”臣僚们纷纷质疑：“太子应当继位，但是没有天子的诏命，怎能随意作为？”兵部尚书陈矫抽出剑来，一剑割断自己的衣袖，高声说道：“如今正是危乱关头，请太子今天就继王位；谁要不同意，将和这衣袖一样下场！”官员们见了，心中都深有畏惧之意。

在这个紧急关头，忽然外面传报华歆从许都飞马赶到，大家又惊又疑，不知福祸。片刻，华歆进殿，先拜灵位，然后和大家见面。大家问他来意，他反问道：“如今魏王逝世，天下震动，为何不请太子早继王位？”大家便告诉他，因为来不及等天子诏命，正在议论是否以王后的名义下旨立太子为王。华歆扫视了一下，极为镇定，胸有成竹地说：“我已在天子面前取来诏命在此。”大家一齐称好。华歆便从怀中取出圣旨开读，封曹丕为魏王、丞相、冀州牧。曹丕当天即位，受百官拜贺。

正拜贺间，忽然传报鄢陵侯曹彰从长安率十万大军来到。曹丕大吃一惊，便问群臣说：“黄须小弟，平时性情刚烈，深通武艺，现在提兵远来，一定来和孤争夺王位。该怎么办？”谏议大夫贾逵挺身而出，愿意去见曹彰，说服他放弃争位。

贾逵来到城外，迎见曹彰。曹彰便问：“先王玺绶在哪里？”贾逵严肃地说：“家有长子，国有储君；先王玺绶，不是君侯应该问的。”曹彰沉默不语，于是进城。来到宫门前，贾逵又问，君侯这次来，是奔丧？还是争位？曹彰辩说道：“我来奔丧，没有别的想法。”贾逵一针见血地指出：“既是没有别的想法，为什么带兵进城？”曹彰听了，立即喝退身边将士，一个人进了王宫，拜见曹丕，兄弟俩相抱大哭。曹彰将所有兵马交给曹丕，曹丕叫他回鄢陵自守。曹彰告辞回去了。

于是曹丕继承了王位，改建安二十五年为延康元年（公元220年），封贾诩为太尉，华歆为相国，王朗为御史大夫；大小官僚，全都升迁受赏。

几天后，曹丕率文武群僚为曹操送殡，谥号为武王。按照曹操的遗愿，葬在邺城郊外一个高坡上，紧靠着著名的西门豹祠，史称高陵。又设置七十二疑冢。十五天后，才向天下宣布魏武王已经逝世的消息。由于曹丕沿用父亲的用人制度，所以，国内局势非常安宁。

华歆又向曹丕进言说：“鄢陵侯交还军马回本国去了，临淄侯和萧怀侯不来奔丧，理当问罪。”于是曹丕便派使者分别去向曹植和曹熊问罪。几天后，使者分别回报说，萧怀侯曹熊畏罪自杀了，临淄侯曹植和丁仪兄弟酩酊大醉，心怀不满，口出狂言。曹丕大怒，立即命许褚领三千虎卫军前去捉拿曹植和丁氏兄弟，带回邺郡，曹丕下令处死丁仪、丁廙兄弟。

曹丕母亲、王后卞氏，听说曹熊自杀了，心里十分悲伤；突然又听说曹植被抓来了，丁家兄弟已被杀，十分震惊。她急忙来到殿前，召曹丕相见。曹丕见母亲亲自出殿，慌忙前来拜见。卞夫人哭着对曹丕说：“你弟弟曹植平生嗜酒疏狂，恃才放纵。你可看在同胞兄弟的情分上，保存他的性命。我就是到了九泉也瞑目了。”曹丕回答说：“孩儿也深爱他的才华。怎肯害他？”卞夫人流着眼泪进去了。

曹丕立即召曹植进宫。曹植上殿，惶恐不已，伏地请罪。曹丕说：“我和你情是兄弟，义属君臣，你怎敢恃才轻礼？先父生前，你经常拿文章在人面前夸耀，我疑心你一定是叫别人代笔的。我现在限你在七步之内作诗一首，如能吟成，就免你一死；如不能，就要从重治罪，决不宽恕！”曹植只说：“请出题。”

这时殿上挂了一幅水墨画，画着两头牛在墙下角斗，其中一条牛掉到井里死了。曹丕看了看，便指着这幅画说：“就以这画为题。诗中不许出现‘二牛斗墙下，一牛坠井死’的字样。”

曹植走了七步，诗便吟成了：“两肉齐道行，头上带凹骨。相遇块山下，欻起相搪突。二敌不俱刚，一肉卧土窟。非是力不如，盛气不泄毕。”

曹丕和群臣对曹植如此敏捷的文才深感震惊。略一思索，曹丕又说：“七步成诗，我还是觉得慢了。你能应声作诗吗？”曹植也不多说，便请命题。曹丕说：“我和你是兄弟。以这命题，诗中也不许出现‘兄弟’的字样。”曹植不假思索，一步也不走，站在原地脱口吟道：“煮豆持作羹，漉菽以为汁。萁在釜下燃，豆在釜中泣。本是同根生，相煎何太急？”

曹丕听了，心中很不是滋味：他默默回味着“本是同根生，相煎何太急”的句意，情不自禁潸然泪下。这时，母亲卞夫人从殿后走了出来。对曹丕说：“做哥哥的何必把弟弟逼得太过分呢？”曹丕慌忙离开座位，告诉母亲：“国法不

可废止啊。”于是把曹植贬为安乡侯。曹植拜辞母亲和王兄，上马离开了。

这年十月，曹丕在繁阳（今河南许昌西南）神坛接受汉献帝禅位，登上帝位，改延康元年为黄初元年，号大魏，谥父亲曹操为太祖武皇帝，自号文帝。

曹操

风云三国进阶攻略

鲜卑
匈奴
魏郡
金城
南安
街亭
安定
陇西
天水
陈仓
长安
洛阳
五丈原
祁山
新野
上庸
新城
襄阳
蜀

★魏国的形势图

魏国是三国中实力最强的，主要原因在于魏国占据的是北方——当时中国的经济中心，加上曹操“挟天子以令诸侯”，打着汉朝的名义征讨各军阀，可以“师出有名”。从形势图上可以看出，魏国面临蜀和吴，背后有匈奴和鲜卑等少数民族。所以当年马超在凉州这个战略位置起兵进攻曹操，会杀得曹操割须弃袍，曹操曾摇头说：“马儿不死，吾无葬地。”曹操之所以能在腹背受敌的情况下统一并繁荣北方，关键还在于他实行了抑制豪强兼并、广兴屯田、广泛收罗人才等一系列改革措施。

河南中牟官渡古战场

★官渡之战形势图

“官渡之战”是中国历史上有名的以少胜多的战役，也是袁绍和曹操两大军阀的一次决战。双方战前的实力对比相差太大：袁绍拥兵七十万，粮草充足，地势有利；而曹兵只有七万，在这种情况下，曹操出奇制胜，火烧袁绍乌巢粮草，又用许攸之计，趁袁绍仓促分兵之机，突然攻击，大获全胜。官渡之战实际上又是人才之战，一方面是袁绍的好谋无断，嫉贤妒能，杀田丰，不采纳审配和许攸的正确意见，听信郭图的谗言，一错再错；另一方面是曹操从善如流，认真听取谋士的意见，对许攸的建议深信不疑，对来降的张郃、高览也立即重用，从而取得了辉煌的战绩。

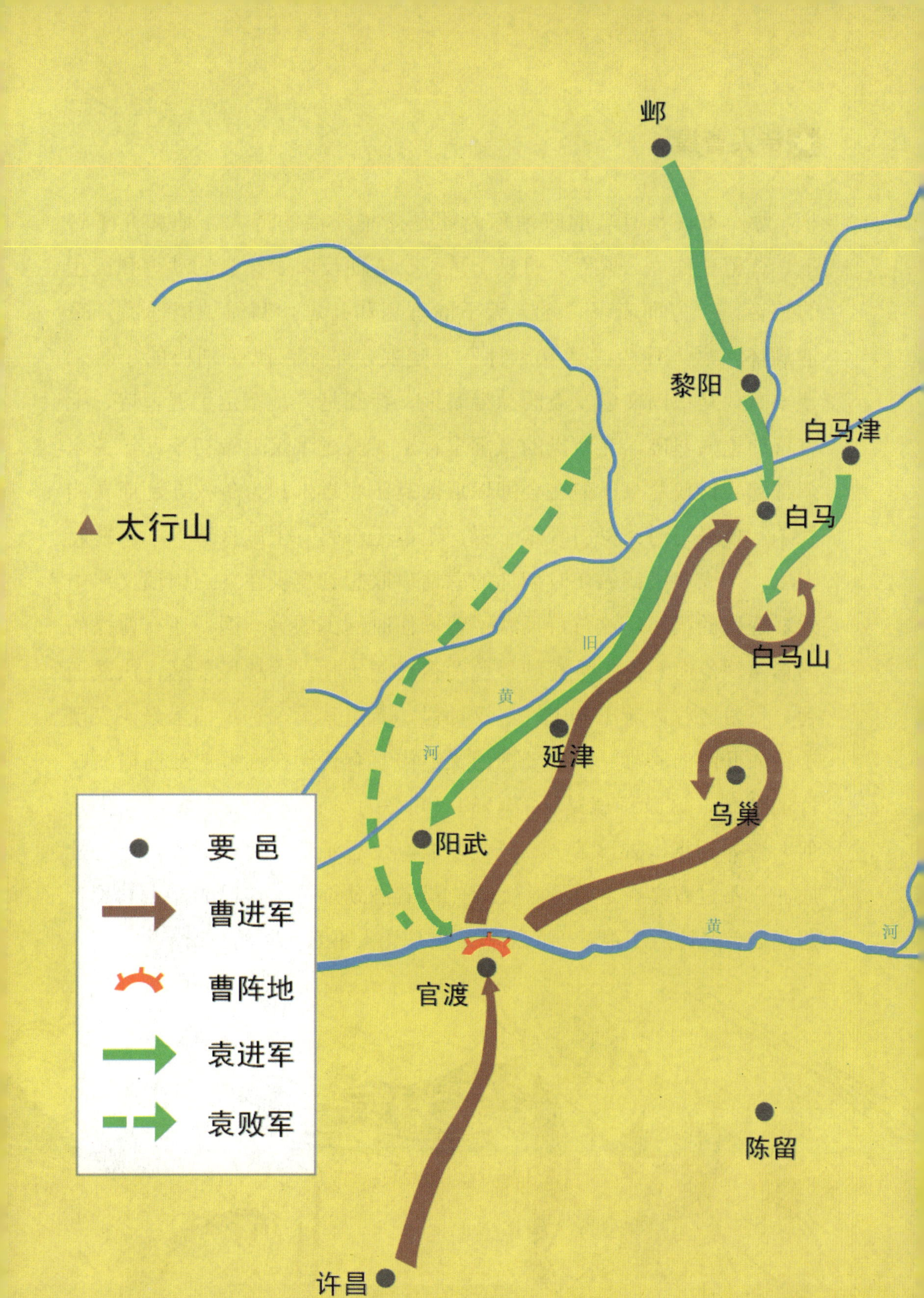
邺
黎阳
白马津
白马
太行山
白马山
旧
黄
河
延津
乌巢
阳武
黄
河
官渡
陈留
许昌
要 邑
曹进军
曹阵地
袁进军
袁败军

★诗人曹操

曹操不仅是有名的政治家，还是才华洋溢的诗人，他和儿子曹丕、曹植史称“三曹”。曹操的诗，一方面反映了社会的动荡和民生的疾苦，一方面表现了统一天下的理想和壮志，写得慷慨悲凉，豪情满怀，后人称为“建安风骨”。建安，是东汉献帝刘协的年号。建安时代是中国文学发展的鼎盛时期，特别是诗，奠定了五言诗、七言诗的重大基础。在曹操的《蒿里行》，叙述了汉献帝初平元年关东州郡起兵讨伐董卓，但在会师以后，袁绍和袁术却为争权夺利而自相残杀。曹操写道：“白骨露于野，千里无鸡鸣。生民百遗一，念之断人肠。”表现了诗人伤时悯怀的感情。联想到曹操在《三国演义》中残暴虐民的描写，这首诗反映了曹操伤时悯民的另一面。还有曹操的名篇《观沧海》，把沧海的景色写得辽阔雄壮：“秋风萧瑟，洪波涌起。日月之行，若出其中，星汉灿烂，若出其里。”寓情于景，表现了诗人开阔的胸襟。在《三国演义》中，有曹操在赤壁决战前横槊赋诗的情节，这首诗就是很有名的《短歌行》：“对酒当歌，人生几何？譬如朝露，去日苦多。慨当以慷，忧思难忘。何以解忧？唯有杜康。”不过曹操在这首诗吟完后，借着酒劲杀掉了自己的谋士刘馥。想起这首名诗后还跟着一个冤魂，也是让人不寒而栗的。

◆以下是几首曹氏父子的重要诗集：

短歌行·曹操

对酒当歌，人生几何？譬如朝露，去日苦多。
慨当以慷，忧思难忘。何以解忧？唯有杜康。
青青子衿，悠悠我心。但为君故，沉吟至今。
呦呦鹿鸣，食野之苹。我有嘉宾，鼓瑟吹笙。
皎皎如月，何时可辍？忧从中来，不可断绝。
越陌度阡，枉用相存；契阔谈宴，心念旧恩。
月明星稀，乌鹊南飞；绕树三匝，无枝可依。
山不厌高，水不厌深；周公吐哺，天下归心。

蒿里行·曹操

关东有义士，兴兵讨群凶。初期会盟津，乃心在咸阳。
军合力不齐，踌躇而雁行。势利使人争，嗣还自相戕。
淮南弟称号，刻玺于北方。铠甲生虮虱，万姓以死亡。
白骨露于野，千里无鸡鸣。生民百遗一，念之断人肠。

龟虽寿·曹操

神龟虽寿，犹有竟时。腾蛇乘雾，终为土灰。
老骥伏枥，志在于里。烈士暮年，壮心不已。
盈缩之期，不但在天。养怡之福，可得永年。
幸甚至哉，歌以咏志。

清河见挽船士新婚与妻别作·曹丕

与君结新婚，宿昔当别离。
凉风动秋草，蟋蟀鸣相随。
冽冽寒蝉吟，蝉吟抱枯枝。
枯枝时飞扬，身轻忽迁移。
不悲身迁移，但惜岁月驰。
岁月无穷极，会合安可知？
愿为双黄鹄，比翼戏清池。

燕歌行·曹丕

其一
秋风萧瑟天气凉，草木摇落露为霜。
群燕辞归雁南翔，念君客游多思肠。
慊慊思归恋故乡，君何淹留寄他方？
贱妾茕茕守空房，忧来思君不敢忘。
不觉泪下沾衣裳，援琴鸣弦发清商。
短歌微吟不能长，明月皎皎照我床。
星汉西流夜未央，牵牛织女遥相望，
尔独何辜限河梁？

其二
别日何易会日难，山川悠远路漫漫。
郁陶思君未敢言，寄声浮云往不还。
涕零雨面毁容颜，谁能怀忧独不叹？
展诗清歌聊自宽，乐往哀来摧肺肝。
耿耿伏枕不能眠，披衣出户步东西。
仰看星月观云间，飞鸧晨鸣声可怜，
留连顾怀不能存。

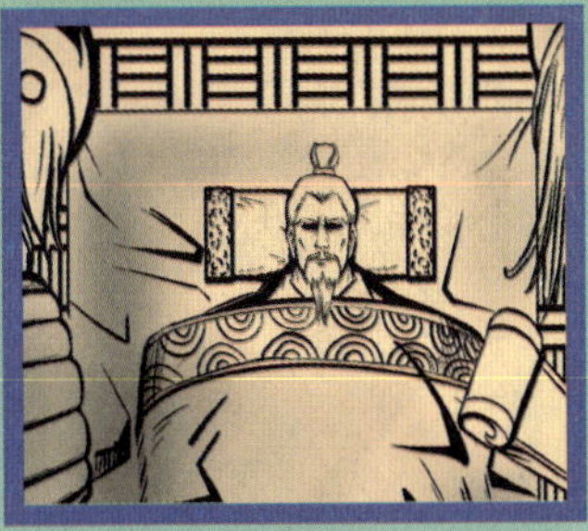

煮豆燃豆萁·曹植

煮豆持作羹，漉菽以为汁。
其在釜下燃，豆在釜中泣。
本是同根生，相煎何太急？

野田黄雀行·曹植

高树多悲风，海水扬其波。
利剑不在掌，结友何须多？
不见篱间雀，见鹞自投罗。
罗家得雀喜，少年见雀悲。
拔剑捎罗网，黄雀得飞飞。
飞飞摩苍天，来下谢少年。

★曹操的用人哲学

曹操用人，不问出身，不计名节，唯才是举，打破了东汉以来征群察举、崇尚名节和家世声望的选才准则。因此曹操曾三下求贤令，提拔治国用兵、能征惯战之人。正如《三国志·武帝纪》所载：“拔于禁、乐进于行阵之间，取张辽、徐晃于亡虏之囚，皆佐命元勋，列为名将。其余拔出细微，登为牧守者，不可胜数。”

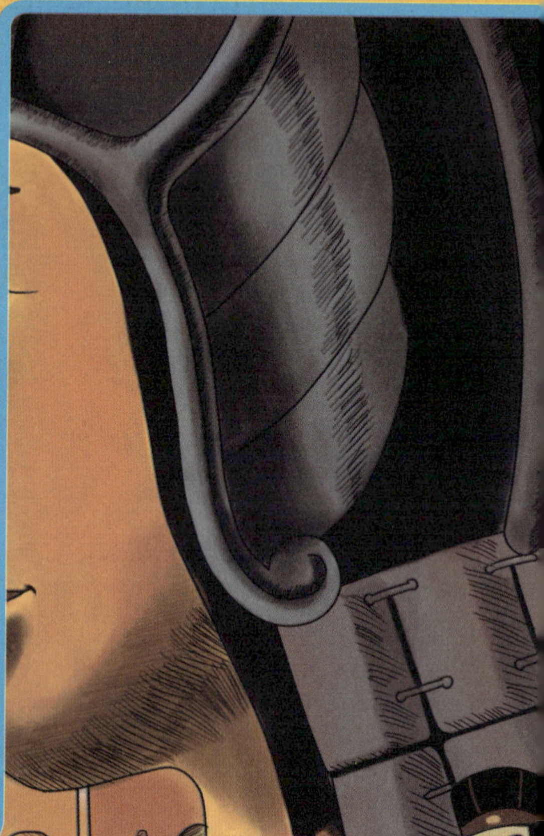

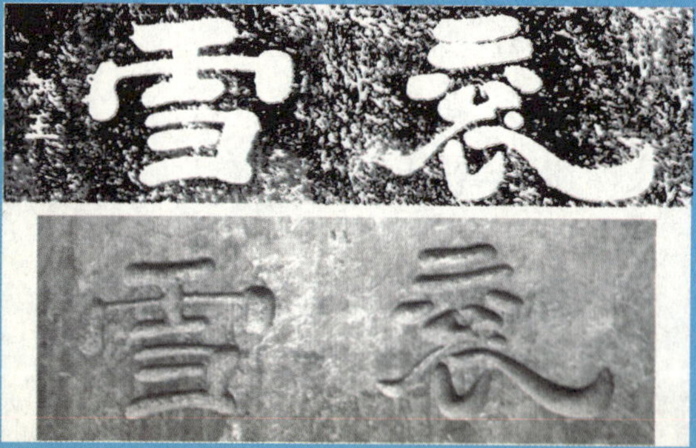

★曹操的疑冢

曹操死后埋在何处，一直是一桩历史疑案。《三国演义》中曹操在去世前，害怕后人掘其坟墓，特留遗言设置七十二疑冢。不知从何时起，民间就流传着这样一则传说：曹操死时，几个儿子都在外，只有干儿子在身边。他临终前对干儿子说："你准备七十二口棺材，七十二座坟，我死后，你把我放在其中一口棺材中，只许你一个人记得。"他还说，自己年过花甲升天，是喜事，让干儿子穿上红袍出殡。同时，他还给曹丕写了一封亲笔信。曹丕接信后立即赶回，见干兄弟正在祭灵，就一刀把他砍死了。原来，曹操在信上说，身穿红袍之人是心怀叛逆之人，应立即除掉。从此，曹操埋在哪里，就再也没人知道了。这个传说同曹操的狡诈性格非常吻合，所以流传很广。在后世，不断有发现曹操墓的记载，不过孰真孰假，也更无法判断了。

★曹操的子孙们

在封建社会王位世袭的情况下，子孙的能力大小直接关系到王国的兴衰。三国最后统一于晋，不能不说与魏、蜀、吴的子孙们缺乏父辈的胆略和智识有关。同刘备和孙权的儿子不同的是，曹操的几个儿子还算是比较能干的，其中尤以曹植和曹丕最为突出：曹植才华横溢，诗文俱佳；曹丕深沉儒雅，文武双全。最后曹操选中曹丕为继承者，还是很有眼光的，毕竟治国要靠理智和策略，曹植的激情和放荡最后成了他继承王位的障碍。只可惜曹丕仅在位七年就去世了，王位传给了曹叡。由于曹叡自己能力有限，不得不过分仰赖司马懿。曹叡在位十年后也去世了，王位传给了曹芳，而曹芳只是一个八岁小孩，更是依靠司马懿父子，最后被架空，曹氏的江山也名存实亡了。联想到曹操的一世英豪，也是让人扼腕的。

魏国（220～265）世系表：

武帝曹操（生前被汉室封为魏王，死后，子曹丕追称为武帝）

- —— 1文帝曹丕（220～226）—— 2明帝曹叡（227～239）—— 3齐王曹芳（240～254）
  - —— 东海定王曹霖 —— 4高贵乡公曹髦（254～260）
- —— 燕王曹宇 —— 5元帝曹奂（260～265）

★曹操何曾刺董卓

在《三国演义》第四回中，曹操刺杀董卓的情节十分精彩。王允和一班旧臣们因无计除董卓，相对痛哭，只有曹操抚掌大笑，慨然前往刺杀董卓。行刺董卓，首先靠的是胆量，因为董卓为人酷虐，对刺客从不手软；其次还要有计谋。曹操吸取了以前刺客失败的教训，采取了先取得董卓信任的方式，而一旦行刺未成，曹操还能在瞬息之间脑筋急转，假称献刀，骗过董卓，迅速脱身。这样写出的曹操，一方面豪迈果敢，一方面智谋深沉、机智敏捷，无疑会给读者留下深刻印象。但是，这个情节却是虚构的。历史的真实是：在公元189年，汉灵帝去世，汉少帝即位。大将军何进谋诛宦官，召董卓进京。结果董卓还没来，都城就先乱了。先是宦官杀掉了何进，接着袁绍等人又大杀宦官。再接下来，董卓进京，废掉汉少帝，改立陈留王刘协为帝，引起京都一场大乱。董卓为了巩固自己的势力，看中了曹操，想和他共计大事。但曹操看出董卓虽然气势汹汹，却成不了大事，于是变姓换名，逃归乡里。这段史实也能反映出曹操的眼力，只不过没有《三国演义》精彩罢了。

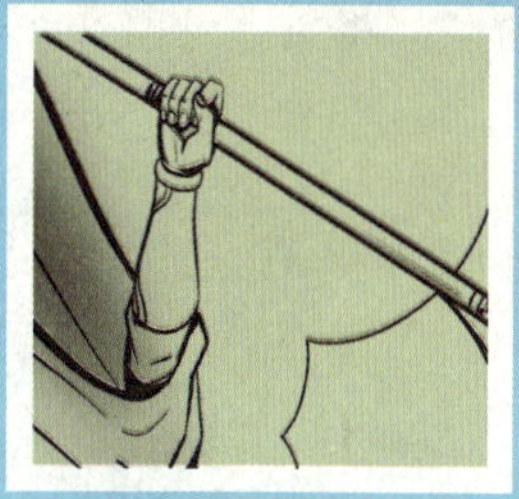

★曹操的“借”术

在《三国演义》中，反映曹操阴险歹毒的莫过于他向粮官王垕借头一事。他先授意粮官用小斛分粮，然后在兵士有怨言的时候，又给王垕安上了盗窃官粮的罪名，不由分说地杀掉了王垕。在杀王垕之前，曹操还明确地告诉他说：“我知道你没有罪，但我要借你的头来稳定军心。”这就是曹操的“借”术。毛宗岗父子在评析这一事件时，对曹操的“借”术加以引申，评点十分精彩：

曹操一生，无所不用其借：借天子以命诸侯；又借诸侯以攻诸侯；至于欲安军心，则他人之头亦可借；欲申军令，则自己的头发亦可借。借之谋愈奇，借之术愈幻，是千古第一奸雄。

★我们一起来讨论

看完了全书，你是否有很多感想？让我们一起来品味历史，讨论几个问题。记住，这些问题都没有标准答案。

1\. 你是否赞成曹操“宁教我负天下人，休叫天下人负我”的人生哲学？

2\. 你认为曹操是英雄还是奸臣？

3\. 为什么曹操能容得下关羽，却容不下同样有才的杨修？

4\. 你认为作为一名政治家，应该有哪些基本素质？

5\. 你赞成曹操在政治生涯中玩的种种手腕吗？